ज़हरबाद

[उपन्यास]

ज़हरबाद

अब्दुल बिस्मिल्लाह

राजकमल प्रकाशन

ISBN : 978-81-267-2940-1

मूल्य : ₹250

पहला संस्करण : 1987
पहला राजकमल संस्करण : 2017

प्रकाशक : राजकमल प्रकाशन प्रा.लि.
1-बी, नेताजी सुभाष मार्ग, दरियागंज
नई दिल्ली-110 002

शाखाएँ : अशोक राजपथ, साइंस कॉलेज के सामने, पटना-800 006
पहली मंजिल, दरबारी बिल्डिंग, महात्मा गांधी मार्ग, इलाहाबाद-211 001
36 ए, शेक्सपियर सरणी, कोलकाता-700 017

वेबसाइट : www.rajkamalprakashan.com
ई-मेल : info@rajkamalprakashan.com

मुद्रक : बी.के. ऑफसेट
नवीन शाहदरा, दिल्ली-110 032

ZAHARBAAD
Novel by Abdul Bismillah

अम्माँ और अब्बा
के लिए
जो दुनिया में नहीं हैं

ज़हरबाद

अब्बा अपनी बंसियाँ ठीक कर रहे थे और मैं भखड़ेरा के झाड़ों के पास बैठा धरती से केंचुए निकाल रहा था। अम्माँ मड़ैया के भीतर बैठी टोपरे में गुड़, बीड़ी, तमाखू आदि चीजें सजा रही थीं और भुनभुना रही थी।

"काम न धन्धा, बस, दिन-रात बंसी के पीछे...खाली मछरी खाके पेट भरेगा न...लाज नहीं आती कि महरिया कमाए और मरद बैठकर खाए...!"

अम्माँ की इस आखिरी बात को अब्बा नहीं सह सके। बंसियाँ उन्होंने आँगन में फेंक दीं और भीतर जाकर अम्माँ को पीटने लगे।

"हरामजादी, मुँह चलाती है? जिन्दगी-भर कमाकर खिलाता रहा, कीमती कपड़ों और गहनों से लादे रहा तब मरद की मरदानगी नहीं देखी गई, अब गोश्त खाकर हड्डियाँ फेंकी जा रही है? भला इस बरसात में कौन चमड़े खरीद रहा है...?"

मैं निर्विकार भाव से उनकी बड़बड़ाहट सुनता रहा और अपने काम में व्यस्त रहा। मार खाकर अम्माँ चुप हो गई थीं और टोपरा सिर पर उठाकर गँवई के लिए निकल गई थीं।

डिब्बे में केंचुए भरकर, कन्धे पर बंसियाँ लिये, मड़ैया में लगे टिन के फाटक में जंग लगा छोटा-सा ताला लगाकर जब हम मछली का शिकार खेलने चले, आकाश पर भूरे-भूरे बादल तेजी से घिर आए थे। वर्षा से बचने के लिए यद्यपि हमारे पास खुमरी[1] और एक टूटा-सा छाता मौजूद था, पर इस बात से हम भयभीत थे कि यदि वर्षा हो गई तो नर्मदा का पानी गँदला हो जाएगा और मछलियों को 'चारा' नहीं दिखेगा जिससे हमारा शिकार चौपट हो जाएगा।

लेकिन हमारे भय से वर्षा को कोई मतलब नहीं था। देखते-देखते बड़ी-बड़ी बूँदें पड़ने लगीं और खोलते हुए उलट गए छाते को मेरे सीधा करते-

---

1. बाँस और पत्तों से निर्मित छत्र।

करते वर्षा तेज हो गई। हम लोग खुमरी और छाता से प्राप्त निरर्थक सन्तोष के सहारे भीगते हुए आगे बढ़ते रहे।

टोले के बाहरवाला नाला पार करते ही जुते और बिना जुते खेतों का लम्बा-चौड़ा क्षेत्र दिखाई पड़ने लगा। जिन खेतों में हल नहीं चले थे, उनमें लम्बी-लम्बी घासें उगी हुई थीं। उन्हीं घासों पर, कीचड़ से बचने के लिए रास्ता छोड़कर हम चल रहे थे और वर्षा को कोस रहे थे। अब्बा को इस बात की चिन्ता बेहद सता रही थी कि मछलियाँ अब नहीं मिलेंगी, लेकिन उनके शरीर पर एक धारीदार गन्दी-सी कमीज और नीले रंग की चकत्तियों वाली लुंगी को देखकर मुझे उन्हीं की चिन्ता अधिक सता रही थी।

उस समय रह-रहकर मुझे अब्बा की आत्मकथाएँ याद आ रही थीं, जिन्हें वे अक्सर सोते समय रस ले-लेकर बताया करते थे। उन आत्मकथाओं से मुझे मालूम हुआ था कि हमारे दादा बहुत बड़े जमींदार थे। उनके डर से एक बार एक आदमी ने फाँसी लगाकर आत्महत्या कर ली थी और उस घटना से घबराकर उसकी पत्नी ने भी आत्महत्या कर ली तथा अपने दोनों बच्चों को भी उसने फाँसी लगा दी। फलतः दादा गिरफ्तार हो गए थे। लेकिन थाने तक वे अपने घोड़े पर ही गए थे। मुकदमा चला और दादा को फाँसी की सजा सुनाई गई थी, पर किसी तरह वे बरी हो गए थे और बाद में प्लेग में मस्जिद के अन्दर सजदे में मरे थे।

घर में कई-कई नौकर थे, लेकिन अब्बा ने शौकियन नौकरी की थी—जंगल विभाग में। महीने में बारह रुपए मिलते थे, जिनसे वे हर महीने कलकतिया धोती खरीदते थे। अन्य खर्चों की कोई समस्या नहीं थी। जिसकी इमारती लकड़ियाँ पकड़ी जातीं, वह घी, चावल, मुर्गे आदि खुद ही पहुँचाया करता।

दादा ने दो शादियाँ की थीं और अब्बा ने चार। पहली बीवी को तलाक दिया, दूसरी मर गई, तीसरी को पुनः तलाक दिया और अम्माँ चौथी बीवी के रूप में आईं। तीसरी बीवी हिन्दू थी, जिनसे एक लड़की भी थी जो देश (पैतृक स्थान) में ब्याही थी।

अम्माँ का खानदान बहुत बड़ा था, पर मेरे मामू निहायत गरीब थे। नाना मर गए थे और नानी बूढ़ी हो गई थीं। एक मामू बाहर रहते थे और दूसरे अपने दोनों लड़कों के साथ घर पर ही रहकर मजदूरी किया करते थे। उनके अलावा उस घर में दो लड़कियाँ भी रहती थीं—शहीदन और बेगम। शहीदन

मेरी बड़ी अम्माँ की लड़की थी और बेगम मामू की। शहीदन के माँ-बाप दोनों मर गए थे और उसका पालन-पोषण नानी ने ही किया था। एक तरह से बेगम का पालन-पोषण भी नानी ही कर रही थीं, क्योंकि मामू सिर्फ नाम को ही उसके पिता थे। माँ उसकी भी नहीं थी। शहीदन मुझसे काफी बड़ी थी और खूबसूरत न होते हुए भी नाक-नक्शे से आकर्षक लगती थी। लेकिन उसके पास बुद्धि की बेहद कमी थी, इसलिए लोग उसे बैही (पगली) कहा करते थे। बेगम थोड़ी मोटी थी इसलिए उसे मैं 'मुटल्ली' कहकर चिढ़ाया करता था...।

धीरे-धीरे दादा की जमींदारी खत्म हो गई थी और बची-खुची जायदाद अब्बा के चचेरे भाइयों ने अपने नाम लिखा ली थी। इस प्रकार अब्बा, उन्हीं के शब्दों में, भिखारी हो गए थे। वे इसकी सारी जिम्मेदारी अम्माँ पर थोपते थे; जबकि अम्माँ का मायका होने के कारण नहीं, बल्कि जंगल विभाग की अपनी नौकरी के कारण ही वे इस प्रदेश में रह रहे थे।

अधिकारी से कुछ कहा-सुनी हो जाने के बाद अब्बा ने नौकरी से त्याग-पत्र दे दिया था और लुटे हुए अपने देश जाने की अपेक्षा वे अम्माँ के मायके में ही रहने लगे थे। लेकिन नानी के क्रूर स्वभाव के कारण उन्हें ससुराल का घर छोड़ना पड़ा था और गुमस्टा मामा की एक कोठरी में हमने शरण ली थी। इस घटना के कारण नानी के घर से हमारी अनबन हो गई थी। फिर भी मेरा आना-जाना बन्द नहीं हुआ था।

सहसा टिन के फाटकवाली उस कोठरी का भीतरी दृश्य मेरी आँखों में साकार हो उठा था। एक ओर गल्ला रखने का कुठला और उसके पीछे चूल्हा। चूल्हे के पास कुछ घड़े और एक टूटा हुआ बक्सा। ऊपर कथरियों और मेरे धब्बेदार पाजामा-कमीज से ढँकी अलगनी। एक ओर दीवार पर खूँटी में अटका अब्बा का खाकी कोट, जो धुएँ और रौं[1] से चीकट हो गया था...।

जिन्दगी को घसीटने के लिए अम्माँ के जेवर रेहन रखकर अब्बा ने चमड़े का व्यापार शुरू किया था। पर मुस्तू मियाँ इस इलाके के बहुत बड़े व्यापारी थे, अतः उनके आगे इनका व्यापार चलना कठिन था। फलतः सारा पैसा लेहना में फँस गया था और भूखों मरने की नौबत आ गई थी। तब अम्माँ ने टोपरा उठाया था। दूसरा विकल्प समझ में नहीं आया था।

1. धुएँ के काले जाले।

अम्माँ सुबह-सुबह उठतीं, झिरिया[1] से पानी लाकर बर्तन माँजतीं, खाना बनातीं और टोपरे में किराने के चन्द सामान सजाकर कभी धमन-गाँव, कभी बिजौरा और कभी जोगीटिकरिया के लिए निकल जातीं। इस बदली हुई स्थिति से अब्बा को कुछ सुकून हो गया था और युद्ध में थके हुए सैनिक की भाँति वे विश्राम की मुद्रा में दिखाई पड़ रहे थे। पर खाली वक्त को काटने के लिए जो भी शगल वे अपनाते, अम्माँ की दृष्टि में वह उनका निकम्मापन होता और इस बात को लेकर आए दिन छोटे-मोटे झगड़े होते रहते, जिनमें अम्माँ को ही प्राय: नुकसान उठाना पड़ता।

पानी अब रुक गया था और मेरी विचार-शृंखला भी टूट गई थी। अब मैं निकट भविष्य में मिलनेवाली मछलियों की कल्पना में डूब गया था।

नर्मदा के किनारे पहुँचकर हमने एक निश्चित स्थान पर बंसियाँ लगा दी थीं और वर्षा के बाद की, ढलते हुए सूर्य की चमकीली धूप में नर्मदा के पाट को देख रहे थे, जिसके उस पार टिटिहरी के जोड़े और बगुले उड़ रहे थे तथा कहीं-कहीं लोग नहा-धो रहे थे। वैसे मुख्य रूप से हमारा ध्यान पानी में पड़ी उन फोहियों पर ही था जिन्हें कोई कुतरी (एक प्रकार की छोटी मछली) झूठ-मूठ हिला रही थी और चारा खाकर हमें मूर्ख बना रही थी।

हम शाम तक नर्मदा के किनारे घूमते रहे थे पर एक जिमटा[2], एक बाम और एक झोरे के अतिरिक्त कोई विशेष उपलब्धि हमें नहीं हुई थी। और घर लौटकर हमें एक कुसमाचार सुनने को मिला था। गुमस्टा मामा ने निहायत विनम्रतापूर्वक अम्माँ से कह दिया था कि चौमासा आ गया है और इस कोठरी में कंडे रख जाते हैं।

अब्बा ने खबर सुन ली थी और देर तक बाहर खड़े हँडुवे के नंगे वृक्ष को देखते रहे थे।

सुबह तुलसी के पत्तोंवाली चाय पीकर अब्बा मड़ैया की तलाश में निकल पड़े थे। आदत के अनुसार साथ में मैं भी था। आगे-आगे छड़ी लिये अब्बा

1. झरना, 2. सौरी मछली।

खामोश जा रहे थे और पीछे–पीछे मैं रास्ते के किनारे उगे उन जंगली पौधों को निहारता बढ़ रहा था जिन पर नीले–सफेद मौसमी फूल खिले हुए थे। मार्ग में यत्र–तत्र गोबर और कुत्तों के मल पानी में भींगकर जुगुप्सा उत्पन्न कर रहे थे, पर नए घर की कल्पना मात्र से एक विचित्र–सा उत्साह मेरे मन में भरा हुआ था।

मैसू नामक एक बूढ़े बैगा[1] के घर पहुँचकर अब्बा रुक गए थे। हिन्दुस्तान–पाकिस्तान बँटवारे के बाद भी हिन्दुओं और मुसलमानों में जो अप्रत्यक्ष किस्म का रिश्ता अभी तक चला आ रहा था, उसके तहत अम्माँ का मायका होने के नाते हिनौता के प्रायः सारे मर्द मेरे मामा लगते थे। इस प्रकार गुमस्टा गोंड़ और मैसू बैगा को भी मैं मामा कहा करता था।

मैसू मामा उस वक्त अपने बरोठे[2] में बैठे चोंगी (पत्ते की चिलम) पी रहे थे और बाहर आकाश में उड़ते बादलों को देख–देखकर शायद कुछ सोच रहे थे। अब्बा को देखते ही वे मचिया छोड़कर उठ गए थे और अब्बा के लिए उसे आगे सरकाकर स्वयं द्वार के पास दीवार से सटे छोटे–से चबूतरे पर बैठ गए थे। दूसरी ओर के चबूतरे पर उन्होंने मुझे बैठा दिया था।

''हाल–चाल ठीक है न मैसू भाई?'' मचिया पर बैठते हुए अब्बा ने पूछा तो चोंगी बुझाकर उन्होंने एक ओर रख दी और नाक से अन्तिम बार धुआँ निकालते हुए कुछ बोलना चाहा कि खाँसी आ गई।

''ठौंके हवे मुंसीजी, तैं आपन बताव, कइसे चले?''

मैसू मामा का यह प्रश्न शायद अब्बा के मनोनुकूल ही था। उन्होंने अपना मंतव्य स्पष्ट कर दिया। इस पर अपनी स्थानीय बोली में मैसू मामा ने अब्बा को जो वचन दिया, वह पर्याप्त सुखद था और उसका पालन तुरन्त होना था।

हम घर लौट आए थे और प्रबन्ध–कार्यों में जुट गए थे। अम्माँ टोले भर में मलगे (कड़ियाँ) और घास–पत्ते माँगने चली गई थीं और अब्बा के साथ मैं खड़िया–बाती[3] के लिए जंगल चला गया था।

दो–तीन दिनों में ही नई मड़ैया के लिए पूरी सामग्री एक नई जगह एकत्र हो गई। फिर बेगार के माध्यम से हमारी मड़ैया तैयार हो गई थी। खड़ियों की दीवारों और घास तथा महलाइन के पत्तोंवाले छाजन की वह मड़ैया मुझे बहुत भायी थी। भूख–प्यास भूल करके अम्माँ ने मिट्टी तैयार की थी और दीवारों पर उसे लगाया था। फर्श ठीक करने में मैंने भी सहयोग

1. एक जंगली जाति, 2. बैठक, 3. टट्टर बाँधने की झाड़ियाँ और फर्रियाँ।

दिया था। द्वार पर लगाने के लिए मैसू मामा ने अपने पुराने किवाड़ दे दिये थे जो उनके यहाँ बेकार रखे हुए थे। इस प्रकार हमारा अपना घर तैयार हो गया था, जिसके सामने एक छोटी-सी बाड़ी भी थी। यह पूरी जमीन मैसू मामा की ओर से ही हमें मिली थी और नए प्रबन्ध का सारा श्रेय उन्हीं को था। अतः अन्य बेगारियों को तो केवल चार-चार छाका (दोना) दारू पिलाई गई थी पर उन्हें पूरी एक बोतल दी गई थी।

फर्श की मिट्टी सूखते ही हमारा डेरा अपनी मड़ैया में चला आया था और स्कूल का नागा करते हुए मैं अगले दिन से बाड़ी की व्यवस्था में अब्बा के साथ लग गया था। मैसू मामा के लड़के ने हल चलाकर उसमें मक्के के बीज डाल दिये थे जो अब तोते के नए पंखों की भाँति उग आए थे और ढोरों से उनकी रक्षा के लिए रामफूल की झाड़ियों से हमें बेढ़े तैयार करने पड़े थे। मैंने दूर-दूर, छोटी-मोटी थूनियाँ गाड़ दी थीं जिन्हें परस्पर लम्बी-दुहरी पतली लकड़ियों से अब्बा ने बाँध दिया था और उन बातियों में रामफूल की झाड़ियाँ रूँध दी गई थीं, जिनमें से कुछ बाद में उग भी आई थीं और उनमें पीले-लाल फूल निकल आए थे।

इस कार्य के दौरान हमने कुछ अतिरिक्त बेढ़े बनाकर मड़ैया के सामने चारों ओर घेर दिये थे और एक ओर फरका (फाटक) लगा दिया था, जिससे बाकायदा एक आँगन बन गया था।

इस प्रकार अपनी जिन्दगी को खुशनुमा बनाने की पूरी तैयारी हमने कर ली थी। पर बाहर के आनन्द का भीतर के वातावरण से कोई सरोकार नहीं होता, यह बात मुझे जल्दी ही मालूम हो गई थी। क्योंकि इस नए घर में भी अम्माँ और अब्बा की लड़ाइयाँ उसी प्रकार बरकरार थीं। अब्बा पूर्ववत् मछली का शिकार कर रहे थे और अम्माँ टोपरा ढो रही थीं। अम्माँ उसी तरह अब्बा को निकम्मा सिद्ध किया करतीं और अब्बा उन्हें पीटा करते। मैं पूर्ववत् निर्विकार भाव से उस घरेलू युद्ध को देखा करता और न सह पाने की स्थिति में बाहर शहीदन और बेगम के पास खेलने निकल जाता।

लेकिन बरसात के बाद स्थितियों में कुछ अवश्यंभावी परिवर्तन दिखाई पड़ने लगे। यद्यपि मछलियों का शिकार अब्बा ने बन्द नहीं किया था, पर उन्हें यह अवश्य महसूस होता था कि कुछ-न-कुछ और करना चाहिए। और एक दिन जब अम्माँ फिर लड़ने के लिए उद्यत हुईं तो अब्बा ने उन्हें

बगैर पीटे यह आश्वासन दिया कि अगले दिन वे काम की तलाश में अवश्य निकलेंगे।

वह दीवाली की संध्या थी। आँगन में स्कूल से लाकर गेंदे के जो पौधे मैंने लगाए थे, वे पीले और कत्थई फूलों से लदे हुए थे। उनमें से कुछ फूल मैंने चुन लिये थे और शहीदन को उन्हें देकर बदले में उससे अंडो[1] के बीजों की मशाल लेकर मैं आँगन में उछल रहा था। शहीदन अम्माँ के साथ दीये जलाने में व्यस्त थी। तभी अब्बा आए थे—एक हाथ में चूनेवाली बाल्टी और दूसरे हाथ में कूँची लिये हुए। कपड़ों और चेहरे पर चूने की चित्तियाँ किसी चितकबरी मुर्गी के परों की तरह दिखाई पड़ रही थीं। अब्बा की कमर कुछ झुकी लग रही थी और होंठों पर पपड़ियाँ जमी थीं। कुल मिलाकर वे उदासी और यातना की प्रतिमूर्ति लग रहे थे। उस दिन कई दिनों के बाद वे शाहपुर से लौटे थे, पर पता नहीं क्यों अम्माँ ने उनसे बोलना जरूरी नहीं समझा था। अब्बा भी नहीं बोले थे। बाल्टी और कूँची उन्होंने परछी में रख दी थी और खटिया बिछाकर लेट गए थे।

रात में पटेल[2] अपने साथियों के साथ नाचने आया था—कौड़ियों से बनी अपनी विशेष पोशाक पहने, पाँवों में पैंजनियाँ डाले, टिमकी-माँदर से सुसज्जित। वह देर तक 'चुटुक तमाखू पियाय दे रे दादा...' गाता हुआ नाचता रहा था जिसे मैं गौर से देखता रहा था और अब्बा देर तक भीतर चिमनी[3] की रोशनी में बैठे चूने से कटे-फटे अपने हाथों-पाँवों में रमतिला का मीठा तेल चुपड़ते रहे थे।

नाच समाप्त होने के बाद अम्माँ ने पटेल के लिए विशेष रूप से खरीदी गई एक परदनी (मर्दानी धोती) उसे दी थी और उसके जाने के बाद बेमन से अब्बा के लिए खाना निकालकर अपना बिछौना बिछाने लगी थीं।

मैं प्रतिदिन अब्बा के साथ ही सोता था, अतः उस रात भी उनके चेहरे पर बढ़ी घास जैसी दाढ़ी से घबराए बगैर उन्हीं के साथ लेटा था, लेकिन उनकी 'खबर-खबर' से रात-भर मुझे नींद नहीं आई थी। सम्भवतः कई दिनों तक न नहाने के कारण उनके वस्त्रों में चीलर पड़ गए थे।

---

1. रेंड़ी, 2. अहीर, 3. ढिबरी।

सुबह एक उत्साह के साथ मैं उठा था और पड़ोस के घर में गेरू से रँगी जाती गाय-भैंसों के सींगों को देखने चला गया था। चूँकि उनका लड़का भी इस साल मौनी[1] बना था इसलिए वह अपने लिए गेंदा के फूलों की माला तैयार कर रहा था और उसकी दाई (माँ) सोंहारियाँ[2] बना रही थी। दादा (बाप) उबालने के लिए पके कुम्हड़े काट रहा था । मौनी बननेवाला लड़का, जिसका नाम साबुनलाल था—बेहद उत्साहित था। माला बनाने के बाद वह नहाने जाने के लिए तैयार हो गया था और साथ में मुझे भी लेता गया था।

नाले के जिस घाट पर नहाने योग्य पानी था, वह पतेरा (नन्हा जंगल) की तलहटी में पड़ता था जहाँ हर्रा और चार (चिरौंजी) के घने वृक्ष खड़े थे। वहाँ एक चट्टान पर बैठकर पत्थर से घिस-घिसकर हमने हाथ-पाँवों के मैल साफ किए और नहाने के बाद खाना खाकर खरका[3] की ओर चल पड़े जहाँ एक बछिया के नीचे से साबुनलाल को सात बार पार होना था और 'ओई है ओई' के नारे के साथ नोई[4] हिलाते हुए बाँसुरी बजाते गायों के पीछे जंगल जाना था।

खरका से लौटकर मैं शैला-रीना[5] देखने चला गया। एक ओर दारू के नशे में झूमते पुरुष साँभर के शिकार का स्वाँग करते हुए 'तारे हर नाना रे नाना, तारे हर नाना' गाते शैला नृत्य कर रहे थे और दूसरी ओर किशोरियाँ 'री रीना री हलो आय ना, सुआ हो री रीना री हलो आय...' की तान छेड़ती रीना गाने में मग्न थीं। माँदर तथा टिमकी से वातावरण गूँज रहा था और दारू की गन्ध में खोरियाँ डूबी हुई थीं।

शाम को जंगल से लौटे मौनियों से बेर का प्रसाद लेकर जब मैं घर लौटा तो देखा कि अम्माँ-अब्बा में फिर लड़ाई छिड़ी हुई थी। उस दृश्य को देखकर, दिन भर में जितना आनन्द मैंने अर्जित किया था, वह कपूर की तरह उड़ गया और बगैर किसी से कुछ बोले मैं परछी[6] में जाकर लेट गया, और मुझे नींद आ गई।

अचानक ही सर्दी बढ़ गई थी और लोगों की दिनचर्या में अन्तर आ गया था। सूर्यास्त से पहले ही बड़े घरों के आँगनों में सैरी[7] जल जाती

---

1. दीवाली की सुबह कुछ लोग मौन व्रत रखते हैं, उन्हें मौनी कहा जाता है, 2. रोटियाँ, 3. गाँव से बाहर गायों के बैठने का स्थान, 4. दूध दुहते वक्त गाय के पैर से बछड़े को बाँधने वाली ऊन की काली डोरी, 5. लोकनृत्य, 6. बरामदा, 7. कौड़ा, अलाव।

थी और लोग दोहर[1] लपेटे उसके चारों ओर बैठने लगते थे। बियारी[2] में अब लोग चने की भाजी खाने लगे थे और सोते वक्त कई परतों में साटने के लिए नए-पुराने कपड़े ढूँढ़ने लगते थे, ताकि उन्हें एक साथ ओढ़कर रात व्यतीत की जा सके। सुबह सूर्योदय के बहुत बाद तक कोहरे के कारण अँधेरा रहता था और छानी पर जमे खर्रा (बर्फ) से भाप उड़ा करती थी। लोगों के हाथ-पाँव फटने लगे थे जिनमें से महुए का तेल चुपड़ते दिखाई पड़ते थे, जैसे बारिश में पाँवों की उँगलियों के बीच कँदरी[3] हो जाने पर लोग कीकर की छाल पीसकर लगाया करते थे। दोपहर बड़ी खुशगवार होती थी, जिसमें लोग बाहर बैठकर धूप लेते थे और स्त्रियाँ या तो गल्ला सुखाया करती थीं या एक-दूसरे के बालों से जुएँ निकाला करती थीं। नहाने के लिए लोग अमूमन आलस्य के कारण दिन ढले नाले तक पहुँचते थे।

ऐसी ही एक दोपहर को अम्माँ और अब्बा घर में बैठे सौदों की सूची तैयार कर रहे थे, जिसमें बेचने से लेकर घर के प्रयोग तक की विभिन्न वस्तुएँ थीं। गुड़, बीड़ी, मिर्चा, धनिया, मिट्टी का तेल, मीठा तेल, राई, तेल, साबुन, माचिस, तलैया (मिट्टी की कड़ाही) आदि। शिकार बन्द हो जाने के कारण बहुत दिनों से घर में मछली नहीं आई थी। इसलिए अम्माँ ने जब अपने लिए पान-कत्था लिखाया तो अब्बा ने वहीं मछली भी लिख ली।

उस दिन गाँव के महराज टोला में मड़ई[4] का बाजार लगनेवाला था। वहाँ पहुँचने के लिए जिस उत्साह से तैयारियाँ हो रही थीं, उसे देखकर ऐसा लगने लगा था कि हमारे घर में लड़ाई अब खत्म हो गई है। जब हम महराज टोला पहुँचे, वहाँ काफी दुकानें पहुँच गई थीं। किराने के सामानों से लेकर जलेबियों और सिले-सिलाए वस्त्रों की भी अनेक दुकानें थीं। पुरुषों से ज्यादा स्त्रियों की भीड़ थी, जो बाँहों में बोंहटे, कलाइयों में छन्नियाँ, कानों में तरकियाँ और गले में हमेल पहने चहक रही थीं। इनमें हमारे टोले की फुलझर भी थी जो अपने नाक-नक्श के लिए विशेष आकर्षण का केन्द्र बनी हुई थी। उस दिन पहली बार मैंने जाना कि उस स्त्री से अम्माँ की गाढ़ी दोस्ती है। अम्माँ को देखते ही वह भीड़ में से निकल आई और हमारे साथ बाजार घूमने लगी। उस रोज वह मालेगाँव की धोती और पोलका पहने हुए थी।

---

1. मोटी चादर, 2. ब्यालू, रात का भोजन, 3. एक रोग, जिसमें पानी, कीचड़ और कंकड़ों के दुष्प्रभाव से पाँव की उँगलियों की दरारें सड़ जाती हैं, 4. एक आंचलिक पर्व।

फुलझर के साथ होते ही अब्बा वहाँ से खिसक गए थे, क्योंकि वे उसे 'गन्दी औरत' समझते थे। और अम्माँ अब उसके साथ स्वतंत्रतापूर्वक बातें करने लगी थीं। कभी-कभी अचानक ही वे खिलखिला पड़ती थीं, जिसका अर्थ मैं नहीं निकाल पाता था। पर फुलझर के मुँह से बार-बार लोखरी का नाम सुनकर एक आदमी की याद मुझे आ जाती थी, जिसे मैंने कभी-कभी देखा था। वह गठे बदन का काला-सा जवान था जो ढोलक बहुत बढ़िया बजाता था। उसके कानों में गिलट के चुल्ले लटकते रहते थे और परदनी वह हमेशा साफ पहनता था।

"व कहथै मैं तोला लइके भग जाबो।"

अचानक ही फुलझर का यह वाक्य मेरे कानों में पड़ा और मैंने अनुमान लगा लिया कि लोखरी से इसके महत्त्वपूर्ण सम्बन्ध हैं और इसीलिए शायद अब्बा इससे घृणा करते हैं। लेकिन उसकी बातें कुछ इस तरह मीठी थीं कि चाहकर भी मैं उससे नफरत नहीं कर सका। न जाने क्यों मैं सोचने लगा कि यदि यह मेरे ही घर में रहती तो कितना अच्छा होता...!

तभी हमें खोजते-खोजते अब्बा वहाँ आ गए थे। इस बार उन्हें देखकर फुलझर अपने-आप हट गई थी और पास ही की एक दुकान पर बैठकर कंघी-आलता खरीदने लगी थी।

"घूमना हो चुका या नहीं?"

अब्बा ने अम्माँ से यह साधारण-सा प्रश्न पूछा, जिस पर वे बिगड़ उठीं।

"मेरा घूमना तुम्हें अच्छा नहीं लगता तो तुम जाओ।"

अम्माँ के तेवर देखकर अब्बा खामोश हो गए थे। दरअसल अम्माँ ही क्या, सारी भीड़ मड़ई देखने की लालसा में बेकरार थी। रह-रहकर लोग पूर्व की ओर देखते और कान लगाकर माँदर की आवाज सुनने का अभिनय करते। लेकिन मड़ई आई शाम होते-होते। अचानक ही एक साथ कई मोरपंखी पताकाएँ फहरा उठीं जिन्हें हाथों में उठाए हुए लोग बाजा बजाते और एक विशेष रागिनी का अलाप करते हुए चले आ रहे थे। आगे-आगे स्त्रियाँ हाथ में नारियल लिये हबुआती हुई चली आ रही थीं। रह-रहकर 'हो माँय' जैसी ध्वनियाँ गूँज उठती थीं।

-उस विचित्र दृश्य को देख लेने के पश्चात् धीरे-धीरे भीड़ छँटने लगी। अब अम्माँ भी सौदा आदि लेकर चलने के लिए तैयार हो गईं, पर अब्बा को

याद आया कि अभी उन्होंने मछली नहीं खरीदी है। अत: वे उस ओर बढ़ गए जहाँ घास की आग में भुनी हुई खंडा मछलियाँ[1] बिक रही थीं।

अभी तक सारी स्थितियाँ सामान्य थीं और मुझे लग रहा था कि आज का दिन ठीक-ठीक बीत गया है। लेकिन मछली लेकर लौटते ही अब्बा को मालूम हुआ कि अम्माँ के हाथ से वह चादर गिर गई है जिसे कभी वे मंडला से खरीदकर ले आए थे। यद्यपि वह चादर बेहद पुरानी हो चुकी थी और उस पर कई जगह पैबन्द लग चुके थे, पर उसके खोने का समाचार सुनकर अब्बा कुछ इस तरह अम्माँ से पेश आए कि भरे बाजार में उनमें लड़ाई हो गई और यह लड़ाई रास्ते में भी जारी रही।

वह बसन्त की एक सुबह थी जब फुलझर अपेक्षाकृत अधिक शृंगार किए हुए आई थी। मैं देर तक उसकी शरीर-सम्पदा को देखता रहा था। जिस्म उसका काले साँप की पीठ की तरह चमक रहा था तथा चेहरे और कलाइयों पर गोदने के विभिन्न अलंकरण बने हुए थे। हमेशा की भाँति पान खाकर अम्माँ से जर्दा माँगने का ही उसका उद्‌देश्य था, पर जर्दा खाने के बाद भी वह देर तक बैठी रही थी। यद्यपि अम्माँ और फुलझर की दोस्ती काफी गाढ़ी थी, पर अब्बा के कारण वह ज्यादा देर तक कभी हमारे यहाँ नहीं बैठती थी। उस दिन अब्बा शाहपुर गए थे और घर में अम्माँ का अकंटक राज्य था, अत: वे खुलकर एक-दूसरे से बतिया रही थीं।

''मुर्गिन क चिचरी के मारे मजा नहिं आइस।''

बातों-बातों में फुलझर ने जब यह कहा तो उसके इस वाक्य से मैं चौकन्ना हो गया और अन्तत: मुझे ज्ञात हुआ कि पिछली रात फुलझर लोखरी के साथ हमारी परछी में ही रही है और मुर्गियों के बीट से उन्हें कुछ परेशानी भी हुई है। उक्त वाक्य के साथ एक अन्य बात भी उसने कही थी जिससे सारी बातें प्राय: साफ हो गई थीं, लेकिन उस घुँघराले बालोंवाली छरहरी-सी औरत में पता नहीं क्या आकर्षण था कि उसके प्रति मेरे मन में अरुचि नहीं उत्पन्न हो सकी। मैं बड़ी देर तक उसकी कचपचिया तारों-जैसी खिलखिलाहट और मालपुए-जैसी बातों का रस लेता रहा, फिर खेलने चला गया।

1. मछलियों के भुने हुए टुकड़े।

दिनभर मैं साबुनलाल और उसके दोस्तों के साथ गेंद खेलता रहा। साथ ही अब्बा के बारे में सोचता रहा और जिधर वे गए थे, उस ओर देखता रहा कि शायद वे आते हों! बार-बार यह भी कल्पना करता रहा कि अब्बा मेरे लिए तेलवाली जलेबियाँ या कोई चड्ढी लाएँगे। लेकिन शाम होते ही मेरी कल्पनाओं की दीवारें ढह गईं और अम्माँ की टेर सुनकर मैं घर की ओर चल पड़ा। उस वक्त वैसे ही मेरा मन अशान्त था, आँगन में बैठे लोखरी को देखकर तो मेरा हृदय तीव्र घृणा से भर उठा। पता नहीं क्यों, मुझे ऐसा लगने लगा कि इस दानव-जैसे मनुष्य का फुलझर-जैसी स्त्री पर कोई अधिकार नहीं होना चाहिए। वास्तव में उसे देखकर मैंने यही समझा कि आज रात यह आदमी फिर फुलझर के साथ मेरी परछी में रहेगा। और इस कल्पना मात्र से मेरे भीतर एक विचित्र प्रकार की जलन होने लगी।

मैं उसी जलन में भुनता हुआ भीतर चला गया और झूठ-मूठ पैर पटककर चीखने लगा। यह देखकर अम्माँ दौड़ी आईं और मेरी ओर प्रश्नसूचक नेत्रों से देखकर कुछ चिल्लाने लगीं। तब मैंने यूँ ही खाने की फरमाइश कर दी।

''खाना लाओ।''

''हाँ, तुम्हारा बाप कमाकर रख गया है न कि खाना लाऊँ!''

अम्माँ ने छूटते ही कहा था और मैं रेत के खिलौने की भाँति टूक-टूक हो गया था।

मैं खामोश हो गया था। और मेरी खामोशी का न जाने क्या प्रभाव पड़ा था कि अम्माँ खाना बनाने की तैयारी करने लगीं।

मैं बोरे के एक टुकड़े पर बैठा-बैठा फुलझर की प्रतीक्षा करने लगा। मुझे विश्वास था कि उसे पता होगा कि लोखरी यहाँ है और वह जरूर आएगी। पर ऐसा नहीं हुआ। और थोड़ी देर बाद मैंने देखा कि हमारे चूल्हे पर लोखरी कच्ची शराब बना रहा था। सड़े हुए महुवे की तीखी गन्ध मड़ैया में भर गई थी और मेरा दम घुटने लगा था। पर अम्माँ की घुड़की के डर से मैं खामोश था।

लोखरी देर रात तक शराब बनाता रहा। फिर वहीं चूल्हे के पास लुढ़क गया। मैं अम्माँ के बिस्तर में दुबक गया। यद्यपि उस रात मैं लोखरी की गतिविधियों पर पूरी तरह चौकसी रखना चाहता था पर मुझे नींद आ गई थी और सुबह मेरे जागने से पहले ही वह चला गया था।

लोखरी की उस चालाकी से मैं इतना क्षुब्ध था कि सुबह-सुबह ही गुड़-रोटी खाकर साबुनलाल के साथ जंगल चला गया। और यह देखकर तो मैं वास्तव में मुग्ध हो उठा कि प्रायः समूचा जंगल ही फूल उठा था। पलाश के वृक्षों पर काली डोंड़ियों के सहारे लाल-लाल फूल कुछ इस तरह लदे हुए थे कि मुझे वे उठी हुई आँखों की भाँति लग रहे थे। इसके अलावा अन्य वृक्षों पर भी नीले, सफेद और पीले रंग के फूल खिले हुए थे। उनमें से कचनार के फूलों की खुशबू ने तो मुझे जैसे पागल ही बना दिया और साबुनलाल से कहकर कुछ फूल मैंने तुड़वा लिये। फिर उन्हें सूँघ-सूँघकर मैं उछलता रहा और साबुनलाल लकड़ियाँ काटता रहा।

घर लौटते वक्त एक आशा मैंने मन में यों ही पाल ली थी कि आज अब्बा आ गए होंगे या आ जाएँगे। परन्तु वे नहीं आए थे। और अम्माँ भी गँवई चली गई थीं। इस प्रकार मेरा वह दिन निहायत अकेलेपन में बीता। और मैंने तय किया कि अब मैं किसी से नहीं मिलूँगा। शहीदन और बेगम से भी नहीं। दरअसल अब्बा की लम्बी अनुपस्थिति ने मेरे भीतर एक गहरी रिक्तता भर दी थी और मेरे मन में एक ही विचार रह-रहकर घुमड़ रहा था कि वे जल्दी से जल्दी घर आ जाएँ।

लेकिन वे आए ऐन होली के दिन। उस रोज शाम होते ही मैं टोले के लड़कों के साथ होली में जलाने के लिए लकड़ियाँ चुराने चला गया था। प्रायः हर घर की बाड़ी से हमने लकड़ियाँ चुराई थीं और जिसने चालाकी से लकड़ियाँ भीतर रख ली थीं, उसके घर से हम कोई चारपाई या नागर (हल) ही उठा लाए थे। इस तरह की चोरी यद्यपि बुरी नहीं मानी जाती थी, पर चूँकि लोगों को बुरा तो लगता ही था, इसलिए वह हमें भली लगती थी।

जिस टिकरे पर होली गड़ी थी, वहाँ सारी सामग्री रखकर जब मैं घर लौटा, उस वक्त अब्बा बाहर आँगन की पिरभिटिया[1] पर बैठे अपने गर्द-सने पाँवों को टायर की चप्पलों से निकालकर धो रहे थे।

—देखो, मैं क्या लाया हूँ तुम्हारे लिए, जाकर परछी में देखो।

मुझे देखकर उन्होंने कुछ इस लुभावने अन्दाज से यह बात कही कि मन-ही-मन मैंने सोच लिया कि इस बार मेरे लिए अब्बा जो चीज लाए होंगे, निश्चय ही वह जलेबी या चड्ढी की शक्ल में न होगी। सम्भव है, मेरे

1. आँगन के चारों ओर बने चबूतरे।

लिए कपड़े के जूते लाए हों, यही अनुमान मैं उस समय लगा सका। क्योंकि कई बार मैं रबर के जूतों में अपने छिले हुए पाँव उन्हें दिखा चुका था।

लेकिन परछी में जो चीज रखी थी, उसकी अपने लिए कोई उपयोगिता मैं नहीं समझ सका। वहाँ कागजों के रोल किए कुछ पुलिन्दे रखे थे, जिन्हें खोलकर देखने से पता चला कि वे किसी पार्टी के चुनाव से सम्बन्धित पोस्टर थे।

"अच्छे हैं न? इनमें से कुछ अपनी दीवारों पर चिपका लो और कुछ टोले में चिपका आना। यह काम तुम्हारे जिम्मे!"

मुझे लगा कि अब्बा मेरी प्रसन्नता के लिए कोई चीज नहीं लाए हैं, बल्कि अब वे मेरे जिम्मे कोई काम थोपना चाहते हैं। और इस एहसास मात्र से मेरा दिल डूबने लगा। मैंने चाहा कि अम्माँ की गोद में जाकर दुबक जाऊँ और वे प्यार से मेरे बालों में उँगलियाँ धँसाएँ, पर उनका रूप देखकर सहम गया और चुपचाप खाना खाकर बाहर चला गया।

फिर मैं रात-भर घर नहीं लौटा। मैं सीधे होली के पास गया, जहाँ टोले के जवान लड़के गन्दे फाग गा रहे थे और बीच-बीच में खेतों से मटर की फलियाँ अथवा गेहूँ की बालियाँ चुराने की योजना बना रहे थे।

और सुबह जब मैं घर आया तो अम्माँ-अब्बा को झगड़ते हुए पाया।

"तो अब नेतागीरी करोगे?"

"तुम इसका मतलब क्या समझोगी! हमारी पार्टी जीत जाएगी तो सारे दुख-दर्द मिट जाएँगे।"

"देखना है..."

इतना कहकर अम्माँ रुक गई थीं। उन्होंने नजर उठाकर मेरी ओर देखा तो उनकी शक्ल से मैंने भाँप लिया कि रात-भर वे सोई नहीं हैं। साथ ही मैंने यह भी अनुमान लगा लिया कि बजाय मेरी खोज-खबर लेने के दोनों ही रात-भर लड़ते और बहस करते रहे हैं। फिर मैंने रोल किए उन पुलिन्दों की ओर इस प्रकार देखा, जैसे कोई बालक जिन्दगी को पोस्टर बनते हुए देख रहा हो!

होली की सुबह निहायत रंगीन और मदभरी थी। फाग गानेवालों के साथ मैं भी घर-घर गया और लोगों से कह-कहकर अपनी गन्दी

कमीज पर रंग छिड़कवाया। जवान होते लड़कों के साथ मैं भी लड़कियों से मजाक करना चाहता था, पर लड़कियों ने मुझे कोई लिफ्ट नहीं दी। इससे मैं उदास हो गया। लेकिन फुलझर ने जब मेरी टोपी चुराकर[1] बगैर नेग लिये उसे वापस कर दिया तो मेरी उदासी कुछ कम हो गई।

और शायद दिनभर की रंग-क्रीड़ा से भी बसन्त की मस्ती समाप्त नहीं हुई थी। रात में करमा[2] का आयोजन किया गया। एक तरफ स्त्रियाँ हाथ में हाथ डाले और दूसरी ओर पुरुष। बीच में माँदर[3]। क्षण-भर में ही जंगल की धरती गूँज उठी :

आहा हाय!
हाय रे सींचै ला जाबो ना!
साजा तरे क डबरा
सींचै ला जाबो ना[4]।
तुंजकझड़! तुंजकझड़! **(माँदर की आवाज)**

हमारे गाँव में वोटिंग का दिन भी किसी धार्मिक त्योहार की भाँति आया था।

अब्बा अम्माँ को भी वोट देने के लिए ले जाना चाहते थे, पर वे जाने को तैयार नहीं थीं।

इस बात को लेकर उनमें कुछ कहासुनी भी हो गई और अब्बा मुझे लेकर बगैर खाए ही स्कूल की ओर चल दिये।

घाटी चढ़ने के बाद जो मैदानी भाग था, वहीं मेरा स्कूल था—नन्हा-सा!

स्कूल के भीतर बोरे के टुकड़े लटकाकर वोट डालने का स्थान बनाया गया था और बाहर रंग-बिरंगी भीड़ खड़ी थी। अन्धड़ चल रहा था, लेकिन भीड़ थी कि वोट डालने के लिए बेकरार थी। यद्यपि उनमें से अधिकांश को यही नहीं मालूम था कि वोट क्यों डाला जा रहा है। जो लोग वोट डालकर लौटते थे और अपना अनुभव सुनाते थे, उनसे पता चलता था कि किसी-किसी

---

1. होली की एक प्रथा, 2. एक लोकनृत्य, 3. मृदंग, 4. साजा नामक वृक्ष के नीचे, नदी में जो जल का गड्ढा है, उसका जल उलीचकर मछलियाँ पकड़ेंगे—गीत का यही भाव है।

ने तो बोरे पर ही ठप्पा लगा दिया है और किसी ने टेबल पर। अब्बा उन्हें घुड़क रहे थे और लोगों को मुस्तैदी के साथ अपनी पार्टी का चुनाव-चिह्न रटा रहे थे।

बड़ी देर तक उस धमा-चौकड़ी को मैं देखता रहा फिर मुझे प्यास लग गई। और पढ़ते समय प्यास लगने पर निकट की जिस झिरिया पर हम पानी पीने जाया करते थे, उसी ओर मैं चल पड़ा। झिरिया प्रायः सूख चली थी और पानी हरा हो गया था, फिर भी मैंने प्यास बुझाई और देर तक वहीं चट्टान पर बैठा पतेरे और घाटियों के विस्तार को देखता रहा।

जब हम घर लौटे, रात हो गई थी। उस रोज अम्माँ ने बेसन की खड़ैयाँ[1] बनाई थीं और हमारे लिए रखकर स्वयं खा-पीकर पड़ोस में चली गई थीं। इस भय से कि उनके आते ही फिर लड़ाई होगी, जल्दी-जल्दी खा-पीकर मैं सो गया था।

उसके बाद प्रायः रोज ही अम्माँ दुःख-दर्द मिटने के दिनों के बारे में अब्बा से दरयाफ्त किया करतीं और जिस रोज इस बात को लेकर लड़ाई हो जाती, उस रोज अब्बा शाहपुर चले जाते और लौटकर कोई-न-कोई नया समाचार इस सम्बन्ध में सुना देते थे। इसी तरह एक दिन उन्होंने बताया कि हमारी पार्टी जीत गई है। और फिर एक दिन इस जीत की खुशी में मात्र ग्यारह रुपए लेकर वे घर लौटे, जिन्हें यद्यपि उन्होंने अम्माँ के हाथों में सुपुर्द कर दिया, पर अम्माँ का पारा बजाय उतरने के कुछ और चढ़ गया।

"यही है तुम्हारी कमाई?"

"मैं क्या करूँ? जितना हिस्सा सबको मिला उतना मुझे भी मिला। कोई मैं अकेला ही था... ?"

"अकेले नहीं थे तो मैं जिम्मेदार हूँ?"

"क्या मैं कह रहा हूँ?"

"कहो चाहे न कहो, पर ऐसे कब तक काम चलेगा?"

"तो क्या करूँ, अपना सिर फोड़ लूँ?"

"अपना काहे फोड़ोगे, मेरा ही फोड़ दो। टोपरा ढोते-ढोते वैसे ही खोपड़ी खिया गई है..."

और अम्माँ रोने लगीं।

"तो रोती क्यों है? कमीनी! मेरे सामने यह नखरा मत किया कर...।"

---

1. एक प्रकार की कढ़ी।

अब्बा ने लगभग जोर से यह बात कही तो अम्माँ और तेज-तेज रोने लगीं। इस पर अब्बा उठे तो मैंने समझ लिया कि अब उनके भीतर का मर्द पुनः जिन्दा होगा, अतः मैं बाहर चला गया।

रोजे आ गए थे और मामू से हमारा मेल हो गया था। इस मेल से असली लाभ मुझे ही हुआ था। अब मैं घर के असहनीय वातावरण से बचने के लिए प्रायः नानी के यहाँ ही रहा करता था। शाम को रोजा खोलकर खाना खाने के बाद मैं नानी के यहाँ चला जाता था। वस्तुतः रोजे का आनन्द भी मुझे वहीं आता था, क्योंकि यहाँ न अब्बा रोजा रखते थे, न अम्माँ। वहाँ तो भोर में ही नानी हमें जगा देतीं और कुदई[1] के भात को उर्दा[2] की दाल के साथ 'सेहरी' के रूप में खाकर हम अपना रोजा शुरू कर देते थे जिसके बारे में मैंने पढ़ रखा था कि वह पौ फटने से पहले शुरू होता है, पर कभी-कभी तो हम सूर्योदय होते-होते भी भात खाने में व्यस्त रहते थे।

दिन का अधिकांश समय हम जंगल में व्यतीत किया करते थे। वहाँ या तो हम फुलचुही की झाड़ियों तले सूखे पत्तों पर बैठे रहते या खमेर के पेड़ों के नीचे रोजा खोलने के लिए बकरियों के पागुर से निकली खमेर की गुठलियाँ तलाशते और उनसे बीज निकालते रहते। शाम को सूर्यास्त से बहुत पहले ही हम रामफूल की मुखारी से दाँत साफ करने लगते और रह-रहकर सूर्य की ओर देखते कि वह कब ढलता है।

ज्यों-ज्यों ईद नजदीक आती जा रही थी, मेरी खुशियाँ बढ़ती जा रही थीं। मैं उछलता हुआ टोले की लड़कियों के साथ खेलता और उन्हें बताता कि अब मेरे नए कपड़े बनेंगे और हमारे सेवइयाँ खाने के दिन आ गए हैं। इस साल मैं भी रोजेदार हूँ अतः मेरे लिए विशेष प्रबन्ध होगा। पर मैं देखता कि अम्माँ और अब्बा न जाने किस दुनिया में खोए रहते थे। यद्यपि मुझे दोनों वक्त पेट भरने के लिए कुछ-न-कुछ मिल जाता था, पर मैं नहीं समझता था कि इसके लिए अम्माँ का कितना पसीना गँवइयों में बह जाता है और अब्बा की पीठ पर कितने बुढ़ापे सवार हो जाते हैं। अब्बा ने तो बालों में तेल डालना और पान खाना भी बन्द कर दिया था। चारखाने की एक कमीज और

1. कोदो (अन्न) का चावल, 2. उड़द।

नीला-सा तहमद बाँधे हाथ में डंडा लिये वे दिन-भर इधर-उधर घूमा करते थे। शाम को उनके साथ मासूमियत-भरी निराशा घर में घुसती थी और भीतर मौन का विशाल साम्राज्य स्थापित हो जाता था।

बहुत सारी कोशिशों के बाद भी इस बार हर साल की भाँति कपड़े नहीं बन पाए थे। मेरे लिए अब्बा ने डिंडौरी के बाजार से 'कम्पनी' (गुदड़ी) की एक पुरानी सफेद कमीज खरीद दी थी जिसे अपने हाथ से धोकर मैंने लोटे में अँगारे डालकर प्रेस कर लिया था। मामू के यहाँ से पेंच लाकर अम्माँ ने आटे की मोटी-मोटी केंचुए-जैसी सेवइयाँ बना ली थीं।

उन परिस्थितियों से यह साफ पता चलता था कि ईद में कोई धूमधाम नहीं होगी। फिर भी, स्कूल में छब्बीस जनवरी के दिन जिस तरह आम के पत्तों और बाँस के टुकड़ों से फाटक बना था, उसी प्रकार अपनी खोरी[1] में मैंने भी एक फाटक बनाया। आम की डालें नहीं मिलीं तो कनेर की डालें लगाईं। फिर दूर तक अगल-बगल पत्थर रखकर छूही मिट्टी[2] से उन्हें पोत दिया जो सूखने पर चूने की तरह ही सफेद हो गए। इस प्रकार ईद के स्वागत की पूरी तैयारी मैंने कर ली।

लेकिन ईद आई तो अपने साथ एक कटुता लेकर आई। पता नहीं किस बात को लेकर ऐन ईदवाले दिन अब्बा और अम्माँ में लड़ाई हो गई। वे बहुत देर तक निरर्थक वार्तालाप करते रहे और मैं मड़ैया के बीचवाले खम्भे के पास उकड़ूँ बैठा रोता रहा। थोड़ी देर बाद अम्माँ भी आँचल मुँह में ठूँसकर रोने लगीं और बावजूद इस कानून के कि ईद के रोज रोजा रखने से गुनाह होता है, उन्होंने उस दिन खाना नहीं खाया।

उस ईद को अब्बा मामू के यहाँ नहीं गए थे। और पता नहीं, क्या सोचकर मामू भी नहीं आए थे। केवल नानी आई थीं और मुझे लिवा ले गई थीं। अम्माँ ने जाने से इनकार कर दिया था। लौटते वक्त मैं शहीदन को साथ लेता आया था। पर मेरे घर में न गोश्त था, न रोटियाँ थीं। बस, गुड़ के शीरे में उबली सेवइयाँ मात्र थीं जिनसे मैंने उसकी खातिर की थी और अपनी स्थिति का बोध करके भीतर-ही-भीतर घुमड़कर मैं रह गया था।

अब्बा दूसरे दिन फिर कहीं चले गए थे।

---

1. गली, 2. एक प्रकार की जंगली सफेद मिट्टी।

उस दिन अम्माँ गँवई नहीं गई थीं। सुबह उन्होंने कुदई का पेज[1] बनाया था और पीपल के कोंपलों की भाजी। खा–पीकर हम फुलझर के यहाँ चले गए थे। उस दिन कुछ लोग फुलझर की बातचीत पक्की करने आने-वाले थे।

फुलझर का घर मिट्टी की भीतियों से बना था और उसमें कई कमरे थे। उसके दादा टोले के रईस माने जाते थे। हालाँकि गाँव के अन्य किसानों और उनके जीवन–स्तर में कोई विशेष भेद नहीं था।

हम लोग परछी में द्वार के पास ही बैठे थे जहाँ से भीतर का चूल्हा स्पष्ट दिखाई पड़ रहा था। वहाँ बैठी फुलझर की दाई, जिसका काला–काला शरीर गोदनों के असंख्य काले–काले निशानों से काली जमीन पर काली बूटीवाली छींट की तरह दिखाई पड़ता था—चावल का गोदला (मालपुआ) बना रही थी और उसकी बहन ननसी सोंहारियाँ बेल–बेलकर द्वार के पास बिछी चारपाई के ऊपर सफेद चादर पर फैला रही थी। फुलझर अम्माँ के पास बैठी थी और उनके कान में न जाने क्या–क्या फुसफुसा रही थीं। वैसे मेरा अनुमान यही था कि वह लोखरी के बारे में कोई विशेष बात कर रही थी।

एक तो उन बातों को ठीक से न सुन पाने के कारण और दूसरे लोखरी के प्रति अरुचि होने के कारण वहाँ बैठने में मुझे कोफ्त होने लगी और मैं उठकर आँगन में लगे पुदीने के पौधों के पास पहुँच गया। परन्तु वहाँ तुलसी का चबूतरा होने के कारण सार (गोशाला) में बैठे फुलझर के दादा ने वहाँ से मुझे हटा दिया, ताकि चबूतरा छू न जाए। चबूतरे की महत्ता जानने के ध्येय से एक उड़ती–सी नजर मैंने उधर डाली तो उस पर तुलसी के एक झाड़ और उसके नीचे रखे नर्मदा के कुछ लाल–पीले पत्थरों के अलावा कुछ नहीं था। मैं फुलझर के दादा की ओर दयनीय नेत्रों से देखता हुआ वहाँ से हट गया, जो चिलम में गाँजा भरे खाँस–खाँसकर उसे पी रहे थे।

आँगन के दूसरे छोर पर गया तो इसी प्रकार के व्यवधान का सामना करना पड़ा। उस तरफ देवथान था, जहाँ लोहे का एक त्रिशूल गड़ा हुआ था, जिस पर लाल कपड़े के कुछ टुकड़े बँधे थे और दीवार पर सेंदुर के धब्बे चमक रहे थे। वहाँ से बगैर टोके ही हट जाना मैंने उचित समझा।

लेकिन उसी समय एक ऐसी घटना घट गई, जिसकी मैंने कल्पना भी

---

1. अन्न और जल से बना बहुत पतला पेय पदार्थ, जो निम्न वर्ग का मुख्य भोजन है।

नहीं की थी। पता नहीं कैसे मैं भीतर पहुँच गया और सोंहारियोंवाली चारपाई का पावा पकड़कर ननसी की ओर देखने लगा जो लाल रंग की एक धोती पहने हुए थी और सोंहारियाँ बनाने में व्यस्त थी। वह मुझे बहुत ही अच्छी लग रही थी और मैं उसे बहुत देर तक देखना चाहता था। परन्तु अचानक वह चीख उठी और मुझे लगा कि कोई साँप तो नहीं निकल आया, क्योंकि साँपों और बिच्छुओं के बीच ही हम जीते थे। लेकिन ऐसी कोई बात नहीं थी, बल्कि उसकी सारी सोंहारियाँ मुझसे छू गई थीं और भ्रष्ट हो गई थीं। वे उन लोगों के खाने लायक नहीं रह गई थीं।

क्षण-भर में फुलझर, उसकी दाई और ननसी सभी एक जगह एकत्र हो गई थीं और उदास भाव से सोंहारियों को देख रही थीं। मेरा चेहरा सफेद हो गया था। अम्माँ मुझे आग्नेय नेत्रों से घूर रही थीं। मुझे लग रहा था कि अब मैं मार खा जाऊँगा, लेकिन पता नहीं क्यों, ऐसा नहीं हुआ। सोंहारियाँ उठाकर फेंक दी गईं। उस समय मुझे याद आया कि एक बार टोले के पटेल के यहाँ अम्माँ से कोई चीज छू गई थी तो उसे वे अपने इस्तेमाल के लिए उठा लाई थीं और यहाँ ऐसी बात नहीं हुई, जिसका यही मतलब होता था कि फुलझर के घरवाले पटेल नहीं बल्कि गोंड़ थे और उनका सामान हम लोग भी इस्तेमाल नहीं कर सकते थे।

अब मैं वहाँ से हट गया था और पिछवाड़े बाड़ी में जाकर पत्थरों से खेलने लगा था।

थोड़ी देर बाद अम्माँ ने मुझे बुलवाया तो पता चला कि 'चातचीत' पक्की करनेवाले तो अभी नहीं आए, पर डिंडौरी के साहूकार का घोड़ा आ गया है। दरअसल वे लोग साल-भर तक साहूकार की दुकान से अपनी आवश्यकताओं की वस्तुएँ लाते थे, जिनके बदले फसल कटने पर साहूकार अपने भाव पर उनसे अनाज वसूलता था। इस साल सियारी की फसल में न धान मिला साहूकार को, न रमतिला। फुलझर के खेतों में कोदो और कुटकी की पैदाइश भी इतनी कम हुई थी कि गृहखर्च के लिए ही वह पर्याप्त नहीं थी। ऐसी स्थिति में उन्हारी से कर्ज अदा करने का वादा किया गया था। पर मटर को पाला मार गया और मसूर तथा गेहूँ की पैदाइश भी कम हुई। इस बात की जानकारी फुलझर के दादा ने साहूकार को शायद दी भी थी, पर उसने उनकी एक न सुनी। इस पर फुलझर का ब्याह उसी आदमी से तय कर

दिया गया जो बदले में इनकी पूरी मदद करने को तैयार था। हालाँकि फुलझर मोटे होंठोंवाले उस आदमी को कतई पसंद नहीं करती थी।

मैंने देखा, साहूकार फुलझर के दादा से उलझ रहा था और रह-रहकर फुलझर की ओर घूर रहा था। वह दृश्य भी मुझे अच्छा नहीं लगा और अम्माँ की साड़ी पकड़कर मैं घर चलने के लिए मचलने लगा।

"तैं कहीं जाथस?"

"डोंगर[1] जाथों। अउर ते?"

"मैं त तोरै पास आय रहेंवे।"

साफ पानी के डबरा-जैसी फुलझर की आँखों में सीधे घुसते हुए जब लोखरी ने अत्यन्त लाड़ के साथ यह बात कही तो फुलझर हरसिंगार की तरह झहर उठी। उसने अपना चेहरा झुका लिया और इधर-उधर ताककर लोखरी ने उसके कन्धों पर अपने हाथ रख दिये। फुलझर ने उसका एक हाथ कन्धे से उठाकर नीचे गिरा दिया और किसी अबोध बच्ची की तरह बोली, 'कोऊ देख लेई तब?' लोखरी ने जवाब में उसे अपनी ओर खींच लिया, और लगा कि पल-भर को दुनिया का संचालन स्थगित हो गया था। फिर अचानक फुलझर ने स्वयं को मुक्त कर लिया। अगले क्षण वे दोनों हँडुवा के पेड़ के नीचे आमने-सामने खड़े थे और मैं भखड़ेरा के झाड़ों की ओट से उन्हें देख रहा था। मेरे मन में उत्सुकता थी कि देखूँ, अब क्या होता है? परन्तु ठीक उसी वक्त दूर से आते हुए अब्बा दिखाई पड़ गए और अम्माँ को सूचना देने के लिए मैं वहाँ से दौड़ पड़ा।

आते ही अब्बा ने अम्माँ को खबर दी कि एक नया काम उन्हें मिल गया है। कल से वे तेंदू के पत्तों का स्टाक खोलेंगे। शाहपुरवाले लाल बाबू पैसा देंगे।

इस सूचना का अम्माँ के ऊपर क्या प्रभाव पड़ा, इसका जायजा लिए बगैर ही उठकर वे तुरन्त बाहर आ गए और मुझे लेकर टोले में निकल पड़े। हमने टोले-भर में दूसरे दिन से खुलनेवाले अपने स्टाक का प्रचार किया और लोगों को समझाया कि अब वे अपने पत्ते जोगीटिकरिया न ले जाकर हमारे स्टाक में लाएँ।

---

1. जंगल।

रात में ही अब्बा ने एक कॉपी बना ली—पत्तों का हिसाब रखने के लिए और निश्चित कर लिया कि मैं गड्डियाँ गिनूँगा और वे लिखेंगे। उन्होंने मुझे समझा दिया कि एक गड्डी में कम-से-कम अस्सी पत्ते होने चाहिए, जिनका ज्ञान मैं गट्ठर की किसी गड्डी के पत्ते गिनकर अवश्य कर लूँ।

फिर हम सुबह-सुबह कोलान टोला चले गए और एक कोल से कहकर उसकी बाड़ी को साफ करा लिया और चारों ओर बेड़ा रूँधने का काम भी उसे ही सौंप दिया। वहाँ नीम का एक पुराना-सा वृक्ष था जिसके नीचे अपने बैठने का प्रबन्ध हमने कर लिया।

दोपहर ढलते ही लाल बाबू का एक आदमी पैसे लेकर वहाँ पहुँच गया और शाम होते-होते स्टाक पर पत्तों के गट्ठर लिये स्त्रियाँ और बच्चे आने लगे। मैं बच्चों की गड्डियाँ पहले गिनना चाहता, पर स्त्रियाँ एकदम से चीखने लगतीं और जबर्दस्ती मुझे अपने खुले हुए गट्ठरों तक खींच ले जातीं। मैं उन्हें कोड़ी के हिसाब से गिनता और अब्बा को लिखाता जाता। पर गड्डियों के पत्ते गिनने में मुझे झिझक महसूस हुई और वह काम मैंने गड्डियों के आकार-प्रकार का अनुमान लगाकर ही कर लिया। हालाँकि कुछ स्त्रियाँ बेहद चालाक थीं और उन्होंने बेहद पतली गड्डियाँ बाँध रखी थीं, पर उस दिन चेतावनी देकर ही मैंने उन्हें छोड़ दिया।

मैं गिन-गिनकर गड्डियाँ फेंकता जाता और स्त्रियाँ उन्हें पंक्तिबद्ध लगाती जातीं। इस प्रकार कुछ ही देर में बाड़ी की उस लाल धरती पर तेंदू-पत्तों की हरी-हरी गड्डियाँ मरे पड़े तोतों की तरह दिखाई पड़ने लगीं।

अन्त में पैसा बँटने की बारी आई और लाल रंग की थैली खोलकर जब नीम के नीचे बिछे बोरे पर अब्बा ने चिल्लर गिराए तो सभी के साथ मैं भी आश्चर्यचकित हो गया। सफेद-पीली इकन्नियों, दुअन्नियों अथवा दुकड़ियों की जगह वहाँ अल्यूमिनियम के गोल, घुमावदार, चौकोर और ताँबे की टिकुलियों जैसे पैसे बिखर गए। अब्बा ने उन्हें बाकायदा हिसाब लगा-लगाकर बाँटना शुरू किया। पर स्त्रियों को विश्वास नहीं हुआ कि वे पैसे चलेंगे, और वे विरोध करने लगीं।

तब अब्बा ने बताया कि अब पुराने पैसे बन्द हो जाएँगे और ये ही नए पैसे चलेंगे। अब चार पैसे का एक आना और सोलह आने का एक रुपया नहीं होगा, बल्कि पचीस पैसे का चार आना और सौ पैसे का एक रुपया होगा।

"हमला तैं आना माँ समझाव।"

तभी किसी स्त्री ने निहायत बेसब्री के साथ कहा और अब्बा ने समझाया कि पाँच पैसे के सिक्के में ताँबे का एक पैसा मिलाने पर एक आना होगा और इसी प्रकार दस पैसे के सिक्के में दो पैसे का सिक्का मिलाने पर दो आना होगा। लेकिन कुछ समस्याएँ फिर भी बनी रहीं, जैसे तीन आने में अठारह पैसे होंगे या उन्नीस, यह ठीक-ठीक अब्बा को भी नहीं मालूम था।

लोगों ने पैसे तो ले लिये पर उनके चेहरे सन्तुष्ट नहीं थे। सच तो यह था कि मैं भी निराश हो गया था। मुझे सबसे बड़ी चिन्ता इस बात की थी कि छेदवाले पैसे (पुराने एक पैसे का सिक्का) बन्द हो जाएँगे तो दो पैसों के बीच में कागज का टुकड़ा रखकर मैं बीन कैसे बजाऊँगा? इस प्रकार तो कभी-कभी होनेवाला मेरा एकमात्र मनोरंजन भी समाप्त हो जाएगा...।

शाम को हम लोग घर लौटे तो ताला बन्द पाया। अम्मा गँवई से अभी नहीं लौटी थीं। मैं दौड़कर मामू के यहाँ गया और चाबी ले आया। अब्बा ने दरवाजा खोलकर दीया जलाया और वक्त काटने के लिए ही शायद मुझे 'नूरनामा' पढ़ने का आदेश दिया। मैंने अपने झोले से हिन्दी की एक पतली-सी किताब निकाली और एक विशेष राग में उसे पढ़ने लगा।

अभी पुस्तक खतम नहीं हुई थी कि अम्माँ आ गईं और जब तक अब्बा दिन-भर की सफलता का वर्णन करते, वे मेरी पढ़ाई को लेकर चीखने लगीं। उनका कहना था कि अपने साथ-साथ लिये रहने के कारण अब्बा मेरी पढ़ाई खराब कर रहे हैं। बात ठीक भी थी, पर अब्बा अम्माँ को इस पर 'कुतिया' और 'हरामजादी' जैसे सम्बोधनों से विभूषित करने लगे और सम्भवतः मारपीट या लड़ाई से बचने के लिए अम्माँ खामोश हो गईं।

लेकिन इस घटना से एक परिवर्तन जरूर हुआ कि अगले दिन से मैं पुनः स्कूल जाने लगा, जिसे मैं प्रायः छोड़ ही चुका था और परीक्षा की तैयारी करने लगा। गड्डियाँ गिनने के लिए अब्बा ने दूसरा लड़का ठीक कर लिया।

यद्यपि यह परिवर्तन मेरे फायदे के लिए ही हुआ था पर मेरा मन स्कूल में कतई नहीं लगता था। अतः परीक्षा समाप्त होते ही मैं पुनः स्टाक पर जाने लगा।

जल्दी ही बकरीद आ गई और अब्बा पुनः चिन्तित हो गए। उन्होंने अम्माँ से वादा किया था कि बकरीद में वे जरूर उनके लिए साड़ी लाएँगे, पर बार-बार दौड़ने के बावजूद लाल बाबू ने उन्हें पैसे नहीं दिये। ऐन बकरीद के एक रोज पहले भी वे शाहपुर गए थे, पर लाल बाबू ने बकरीद की नमाज वहीं पढ़ने के लिए कहा था और उसी रोज कुछ पैसे देने का वादा किया था।

हम लोग बकरीद के दिन भोर में ही शाहपुर के लिए चल पड़े। वैसे हम लोग ईद, बकरीद और आखिरी जुमा की नमाज डिंडौरी में पढ़ा करते थे और सूर्योदय के बाद घर से चलते थे। स्नान हम नर्मदा में ही किया करते थे। शाहपुर काफी दूर था और रास्ते में कोई नदी भी नहीं थी। फिर भी बिना नहाए ही हम चल पड़े।

साजा, सरई, छूला (पलाश) और धवा के घने जंगल को पार करके जब हम पक्की सड़क पर पहुँचे तो सुबह हो गई थी। अब हमें नहाने की फिक्र हुई और सड़क पर जो भी पुलिया मिलती, हम उसके अगल-बगल झाँककर पानी की खोज कर लिया करते।

ऐसी ही एक पुलिया के किनारे थोड़ा-सा हरा-हरा पानी दिखाई पड़ा और वहीं पर स्नान करने के लिए हमने निश्चित कर लिया। हम जल के किनारे पटपर (चट्टान) पर बैठ गए और कपड़े उतारकर थोड़ी देर तक सोचते रहे कि क्या-क्या पहना जाएगा। इस बीच अब्बा पत्थर से अपने पाँव भी घिसते रहे और मैं अपनी बनियान के चीलर मारता रहा।

नहाने के बाद अपनी नीलीवाली लुंगी अब्बा ने मुझे दे दी, क्योंकि जाँघिया पहनकर मैं नमाज नहीं पढ़ सकता था। अब्बा ने चादर लपेट ली।

ईदगाह में जब हम पहुँचे, वहाँ काफी भीड़ एकत्र हो चुकी थी। रंग-बिरंगी झंडियों का शामियाना-जैसा तना हुआ था। चारों ओर से इत्र की खुशबू आ रही थी। अब्बा ने मुझे बच्चों के पास पीछे बैठा दिया और स्वयं लाल बाबू को खोजते हुए आगे बढ़ गए।

"ए! यहाँ से हटो। गन्दगी फैलाओगे?"

जैसे ही मैं बैठने लगा, एक लड़के ने मुझे झिड़का और मैं वहाँ से दूर जाकर एकदम किनारे सिकुड़कर बैठ गया। वहाँ से अब्बा भी मुझे दिखाई नहीं पड़ रहे थे।

नमाज खड़ी हुई तो मैं भी हाथ बाँधकर खड़ा हो गया। लेकिन नमाज में मेरा मन नहीं लग रहा था, क्योंकि मैं नमाज पढ़ना जानता ही नहीं था। अतः मैं इधर–उधर ताक रहा था और हाथ बाँधे खड़े मुस्कराते हुए बच्चों को देख रहा था। रह–रहकर वे एक–दूसरे को धकिया भी देते थे और सजदे में जाते वक्त जिसकी जेब से पैसे गिर जाते, वह उन्हें उठने से पहले ही मुट्ठी में दबोच लेता।

इस प्रकार यह क्रिया समाप्त हुई और हम बिना किसी से गले मिले सीधे लाल बाबू के घर गए। उनका मकान देखकर भविष्य में ऐसा ही मकान बनवाने की मैं कल्पना करने लगा और उनकी लच्छेदार बातों को सुनने लगा। अब्बा ने बड़ी मिन्नतें कीं, परन्तु सिवा लच्छेदार बातों और कुर्बानी के गोश्त के कुछ टुकड़ों के, उनके हाथ कुछ नहीं लगा।

जब हम वहाँ से चले, दोपहर हो चुकी थी और हम बेहद भूखे तथा प्यासे थे। पर हमारे पास जो गोश्त था, वह कच्चा था और जो कमीजें थीं, उनकी जेबें खाली थीं।

दौंगरा[1] पड़ गया था और लाल बाबू ने स्टाक बन्द करने का आदेश दे दिया था। पत्तों को भरने के लिए बड़े-बड़े बोरे आ गए थे। दिन में तो धूप के कारण कोई काम नहीं हुआ था, पर रात में पत्तों की भराई शुरू हो गई थी। सूखी हुई गड्डियों पर प्रथम वर्षा की बूँदें पड़ चुकी थीं, अतः एक विचित्र प्रकार की गन्ध उनमें से उठ रही थी। भोर होते–होते सारी गड्डियाँ भर गई थीं और दोपहर से पहले–पहले लाल बाबू का डग्गा (ट्रक) उन्हें लेने के लिए आ गया था।

लाल बाबू ने अब्बा को सिर्फ चालीस रुपए दिये थे।

"और लड़के को कुछ नहीं मिलेगा?"

अब्बा ने निहायत दयनीय होकर पूछा तो लाल बाबू मुसकरा उठे और उनकी ठुड्डी पर हल्का–सा गड्ढा पड़ गया।

"मुंशी जी, स्टाक में सिर्फ एक ही आदमी रखा जाता है, वैसे आपकी मर्जी। अपनी मदद के लिए किसी को भी रख लें और चाहे तो अपनी तनखाह में से उसे भी कुछ दे दें।"

1. पहली वर्षा।

और डग्गा नाले के किनारे-किनारे पथरीली धरती पर डगमगाता हुआ आगे बढ़ गया था।

घर लौटे तो हम जरूरत से ज्यादा निराश थे। मेरा मन तो रोने को कर रहा था, क्योंकि मेरी मेहनत का कोई मूल्य नहीं मिला था। और अब्बा थे कि अम्माँ का सामना करने से डर रहे थे। अभी मैं सोच ही रहा था कि इस हताशा को कैसे तोड़ा जाए कि अब्बा छड़ी लेकर कहीं जाने के लिए तैयार हो गए।

''तुम घर ही पर रहो, मैं मुड़की जा रहा हूँ।'' उन्होंने मुझे आदेश दिया और मेरी प्रतिक्रिया जाने बगैर फरका खोलकर वे खोरी में विलीन हो गए। मैं परछी में बैठा सामने फैले शून्य को देखता रहा।

उस दिन अम्माँ देर रात गए गँवई से लौटीं और आते ही अब्बा के निकम्मेपन पर जोरदार टिप्पणी करने लगीं। आवेश में उन्होंने यहाँ तक कह डाला कि अब मैं इस बुढ़वा के संग नहीं रहूँगी।

परन्तु मुड़की से अब्बा के लौटते ही बजाय लड़ाई होने के उनमें एक प्रकार की मूक सन्धि हो गई। एक आश्चर्यजनक घटना का कारण मुझे उस समय पता चला जब वे एक साथ बैठकर यह विचार करने लगे कि न्योता किसे-किसे भेजा जाएगा।

परिस्थितियाँ प्रतिकूल होने के कारण ही अब तक मेरा खतना नहीं हो सका था, जबकि मैं काफी बड़ा हो गया था और इस उम्र में मुसलमानी होने से कई प्रकार की कठिनाइयों की आशंका थी। लेकिन मुड़की से अब्बा खतना करनेवाले खलीफा (हज्जाम) को तय कर आए थे और जल्दी ही मुझे आधा इंच गोश्त की झिल्ली काटकर मुसलमान बनाया जानेवाला था। दरअसल अब्बा उन चालीस रुपयों को सार्थक करना चाहते थे जो उन्हें तेंदू के पत्तों की नौकरी से मिले थे।

खास-खास जगहों में न्योते बाँटे गए और एक छोटे-मोटे विवाह-जैसी तैयारियाँ शुरू हो गईं। स्थानीय रिवाज के अनुसार टोले-भर के लोग धान और गेहूँ पहुँचा गए। नानी के यहाँ से दाल की व्यवस्था हुई। अब्बा ने मेरे लिए कपड़े और जूते की व्यवस्था की तथा दो मुर्गे भी लाए गए—खास-खास लोगों के लिए।

निश्चित तिथि से सात दिन पहले ही चार-पाँच स्त्रियाँ आ गईं। उनमें

मेरी बड़ी अम्माँ की दो लड़कियाँ भी थीं, जिनमें से एक लड़की मुझे इतनी अच्छी लगी कि मैंने मन-ही-मन तय कर लिया कि बड़ा होकर मैं इसी से विवाह करूँगा। वह जवान थी और अपने गोरे चेहरे को पाउडर लगाकर चिकना बनाए हुए थी। उस दिन खाना भी मैंने उसी की थाली में खाया।

आते ही उन स्त्रियों ने मुझे हल्दी-तेल चढ़ाना शुरू कर दिया। दिन-भर में कई बार पिसी हुई गीली हल्दी मेरे शरीर पर मली जाती और मीठा तेल (रमतिला का तेल्) में दूब की पत्तियाँ डुबोकर तेल चढ़ाने की प्रक्रिया पूरी की जाती। उन दिनों मेरा शरीर पीलिया के भयंकर मरीज की तरह हो गया था। वस्तुतः मुझे एक मरीज-जैसा ही बना दिया गया था। मेरी कलाई सें 'कंगन' नामक एक कपड़ा बाँध दिया गया था जिसमें हल्दी की एक गाँठ और ताँबे का एक पुराना पैसा बँधा हुआ था। साथ ही मेरे हाथ में एक सरौता थमा दिया गया था और मुझे अकेले बाहर नहीं निकलने दिया जाता था।

खतना होने से एक दिन पहले रज्जगा (रतजगा) हुआ और रात-भर गुलगुले पके, चावल के 'रहम' बनाए गए। विवाह की भाँति ही घइलियाँ (घड़े) भरी गईं और बन्ना गाया गया।

सुबह मुझे दूल्हा बनाया गया। नहलाकर नए वस्त्र और जूते पहनाए गए। सिर पर साफा बाँधकर कचनार के फूलों का सेहरा बाँधा गया और ऊपर से लाल रंग के झीने से टूल क़ा मकना लटकाया गया। फिर दूध का शरबत पिलाकर घोड़े पर बैठाया गया और पूरे टोले में घुमाया गया।

लौटने पर सेमलू मामा ने अपना नगाड़ा बजाकर मेरा स्वागत किया और अन्य स्त्रियों के साथ अम्माँ ने भी नृत्य किया। पर थोड़ी देर बाद ही वह तामझाम अब्बा ने बन्द करा दिया और परछी में सजदा कराकर मुझे नंगा कर दिया गया। फिर मुझे चादरों के पर्दे में उलटे घड़े पर बैठाया गया और क्षण-भर बाद ही 'सोने की चिड़िया' दिखाकर मुझे मुसलमान बना दिया गया।

उस रात जब मैं दर्द से कराह रहा था और नानी मेरी जाँघों की सूजी हुई नसों पर घी-सने आटे की लोइयाँ फेर रही थीं, तभी रिश्तेदारों के बीच अब्बा किसी बात पर गरजने लगे थे। उनके सामने अम्माँ खड़ी थीं—आँखों में आँसू भरे। मुझे दोनों दयनीय लग रहे थे।

नूरबी बुआ ने दोनों में बीच-बचाव करा दिया और खाने की तैयारियाँ शुरू हो गईं।

और आँगन में जब मीलाद सुनने के लिए एक बक्सा रखकर उस पर चादर बिछाई गई और गिलास के गुलदस्ते रखकर मीलाद की किताब लिये अब्बा बैठे तो मुझे महसूस हुआ कि थोड़ी देर पहले हुए युद्ध में अप्रत्यक्ष रूप से अब्बा जीत गए हैं। लेकिन मीलाद समाप्त होते ही आँगन में हमती मामा चिकारा[1] लेकर आ गए और एक चुनमुन-सा लड़का लड़की बनकर फिरकिनी की तरह नाचने लगा, तब मालूम हुआ कि युद्ध बराबरी पर समाप्त हुआ है।

मैं अपनी दोनों टाँगें फैलाए चित लेटा था और नाच देख रहा था। मैं नंगा था। मेरी दोनों जाँघें सहलाई जा रही थीं। मेरा ताजा जख्म टपक रहा था। लेकिन मुझसे न रहा गया। बाहर आँगन में जो चुनमुन-सा लड़का लड़की बना नाच रहा था, उसका दिप-दिप करता हुआ चेहरा मुझे मानो निमंत्रित करने लगा कि आओ, तुम भी नाचो। और मैं खड़ा हो गया। मेरे पास बैठी स्त्रियाँ घबरा गईं और वे मुझे पकड़कर लिटाने लगीं। लेकिन मैं नहीं माना। लँगड़ाता हुआ आगे बढ़ा और द्वार पर जाकर किवाड़ थामकर खड़ा हो गया।

नाचनेवाला लड़का और कोई नहीं, साबुनलाल का भाई हीरा था। लेकिन वह हीरा-जैसा लग नहीं रहा था। मालेगाँव की धोती और पोलका में सजा उसका गठीला बदन किसी पन्द्रह-सोलह बरस की लड़की के बदन-जैसा लग रहा था। उसने कमर में करधनी भी पहन रखी थी और हाथों में नायलोन की चूड़ियाँ। अपने लम्बे-लम्बे बालों का उसने सुन्दर-सा जूड़ा बनाया था जिसमें कोई जंगली फूल खुँसा हुआ था। पाँवों में नन्हे-नन्हे घुँघरू बँधे हुए थे। वह अपनी आँखें और कलाइयाँ मटका-मटकाकर इस तरह थिरक रहा था कि देखनेवालों के दिल लट्टू की तरह घूमने लगे थे। वह जमीन पर अपने पाँवों की हल्की-हल्की थाप दे रहा था और गा रहा था :

मोर बलमा नदान मोर देहियाँ गुलाबी रंग होइगै
पाँचै पचासै की चोलिया
बन्द लागे हजार
पहनावे वाली छोकरिया

---

1. सारंगी की तरह का एक वाद्य।

चली बहियाँ झुलाय
लौंग के लागी है रुख
ओखी पतली है डार
समझै समझ गोरी टोरले
माल है बिरान...

मेरे भीतर धक्-धक् होने लगा और मैं वापस आकर लेट गया। स्त्रियाँ फिर जाँघों पर आटे-घी की लोइयाँ फेरने लगीं। मेरा जख्म फिर टपकने लगा।

मैंने आँखें मूँद लीं।

हीरा को इससे पहले कई बार मैं देख चुका था। जंगल से लकड़ी का गट्ठा लाते हुए। झिरिया से काँवर में पानी ढोते हुए। बोझ लेकर बाजार जाते हुए। सूप-दौरी लादकर मेला जाते हुए। घर में लिपाई-पुताई करते हुए, झाड़ू लगाते हुए, खाना बनाते हुए...लेकिन उसे नाचते हुए मैंने पहली बार देखा था। 'अगर यह लड़की हो जाए तो मैं इसी के साथ ब्याह कर लूँ,' मैंने मन-ही-मन कल्पना की और फिर सो गया...।

जब मेरा जख्म ठीक हो गया और मैं चलने-फिरने लगा तो मैंने हीरा से मेल-जोल बढ़ाने की कोशिश की। उसके छोटे भाई साबुनलाल के साथ तो मैं खेलता ही था, उसी के बहाने हीरा से भी मिलने लगा। और चन्द दिनों में ही उससे भी मेरी दोस्ती हो गई। अब मैं चोरी-छिपे अम्माँ के टोकरे से साबुन की कोई बट्टी या थोड़ा-बहुत गुड़ निकालकर उसे दे दिया करता। पहले तो उसने यह सब लेने से इनकार किया, पर शायद यह सोचकर कि मैं दुखी हो जाऊँगा, उसने वे चीजें स्वीकार कर लीं।

एक रोज वह मुझे अपने साथ नदी ले गया। बेर के जिस पुराने झाड़ के नीचे साफ पानी था, वहाँ पहुँचकर वह अपने कपड़े फींचने लगा। मैं उसके पीछे खड़ा-खड़ा पानी में पड़ रहे उसके बिम्ब को निहारता रहा। तभी अचानक उसने अपनी आँखें पीछे कीं और बोला :

"आपन कपड़ा उतार, मैं फींच देवँ!"

मैं धक्क! अरे, यह तो बिलकुल लड़की की तरह बोल रहा है! जैसे स्त्रियाँ अपने पतियों से बोलती हैं!

और फिर मुझे कुछ अच्छा नहीं लगा—न नदी, न वृक्ष, न आसमान, न आसमान पर उड़ती हुई चिड़िया...मैं मानो वहाँ था ही नहीं।

लेकिन यह सब ज्यादा दिनों तक नहीं चला। हालाँकि इस बीच हीरा के साथ जोकर बनने के लिए तमाशे की अनेक कलाएँ मैंने सीख ली थीं, लेकिन उनका प्रदर्शन करने का मौका नहीं मिला। हीरा कहीं मजदूरी करने चला गया था और मेरी सारी ललक गटापार्चा की बीवी की तरह टूट गई थी।

वर्षा का सातवाँ दिन था। लोग सूर्य-दर्शन के लिए तरस गए थे और वर्षा से ऊब चुके थे। पानी थमने के लिए स्त्रियों ने गर्म तवे भी आँगन में गिराए, पर कोई लाभ नहीं हुआ। फिर भी चारों ओर का वातावरण बेहद सुहावना और मनोरम बना हुआ था। द्वार के सामने दूर-दूर तक मक्के के झाड़ भुट्टों का बागा[1] बाँधे खड़े थे और उनके भुए कम उम्र में पके हुए मुलायम बालों की तरह दिखाई पड़ रहे थे और उन पर वर्षा की बूँदें जब पड़तीं तब ऐसा लगता मानो डबरों में पक्षी नहा रहे हैं। आँगन में काई जमी थी और उस पर मटमैला पानी भरा हुआ था, जिसमें रह-रहकर बुलबुले उठ रहे थे, जो भविष्य में और वर्षा होने की सूचना दे रहे थे।

निश्चय ही वह दृश्य मुझ-जैसे बालक के लिए निहायत आकर्षक था, पर पेट में चारा न होने के कारण वर्षा की वह झड़ी जो स्कूल न जाने के आनन्द से कभी भरी होती थी, उस समय मुझे बेहद पीड़ित कर रही थी और मैं जमीन पर लेटा हुआ रह-रहकर चूल्हे की ओर देख रहा था जिस पर एक बड़ी-सी हँडिया चढ़ी हुई थी और उसमें महुवे के साथ कुछ चने उबल रहे थे। अम्माँ ने ये दोनों चीजें आड़े वक्त के लिए सहेजकर कभी घड़ों में रख ली थीं, जिन्हें उस दिन अब्बा से एक बार झगड़ा कर लेने के बाद निकाला गया था।

अम्माँ ने उन्हें फिर निकम्मा सिद्ध किया था और अब्बा ने पूर्ववत् बारिश में चमड़ों के खराब हो जाने का तर्क दिया था। इस पर अम्माँ ने एक चुभता हुआ जुमला उछाला था और उठ गई थीं।

"देखती हूँ, यह बहाना कब तक चलता है! चौमासा कभी तो खतम होगा!"

1. कपड़े से बच्चे को कमर में बाँधने की क्रिया।

फिर थोड़ी देर बाद ही मैं महुवे के रस में पगे उबले हुए चने खा रहा था और घर की स्थिति पर कुछ सोचने की कोशिश कर रहा था। ठीक उसी समय मैंने देखा कि अब्बा भी मेरी ही तरह चने खा रहे थे, पर अम्माँ सिर्फ फूले हुए महुए कचर-कचर चबा रही थीं। एक क्षण के लिए अम्माँ पर दया आई, पर जब अब्बा के चेहरे को देखा, जिस पर भोंड़ (एक प्रकार की घास) की तरह दाढ़ी के घने सफेद बाल बिखरे हुए थे, तो उनके प्रति भी करुणा उमड़ आई। इस प्रकार मैं निश्चय नहीं कर सका कि अधिक दोषी कौन है।

प्रतिदिन की भाँति उस दिन भी दोपहर को जब वर्षा थमी तो लगा कि यह भी एक छलावा है। लेकिन पता नहीं क्यों, फिर वर्षा तीव्र नहीं हुई। थोड़ी देर के लिए धूप भी निकली और शाम का प्रबन्ध करने के लिए अम्माँ फुलझर की बाड़ी से पुरपुरी भाजी (चौराई) खोंटने चली गईं। चकौड़ा, कनकौवा और चेंच भाजियाँ तो हमारी बाड़ी में ही मिल जाती थीं, पर पुरपुरी-जैसा स्वाद उनमें नहीं मिलता था।

थोड़ी ही देर बाद बादल फिर छा गए। लोगों ने समझा, फिर झड़ी लगेगी, लेकिन ऐसा नहीं हुआ। बूँदें पड़ीं, पर वे हल्की थीं।

शाम तक बूँदें और हल्की हो गई थीं जिससे मौसम प्रायः खुशगवार लगने लगा था। मैंने चाहा कि बाहर निकलूँ, पर अब्बा ने रोक दिया। इससे मैंने अनुमान लगा लिया कि युद्ध पुनः होगा और बिस्तर में दुबककर मैं सो गया। नींद आने पर मैंने एक स्वप्न देखा कि मुहर्रम के दिन आ गए हैं और मामू के लड़के रफीक भैया को सवारी चढ़ाई जा रही है। अब्बा 'शहादतनामा' में से कोई नौहा पढ़ते हैं और हम 'याली-याली' (या अली) करके मातन करते हैं। क्षण-भर बाद रफीक भैया काँपने लगते हैं और दूध का प्याला माँगते हैं। नाम पूछने पर बताते हैं, 'मैं खूनी नाल हूँ...' फिर देखता हूँ कि मुझे भी सवारी चढ़ी हुई है और मैं हाथ में नेजा[1] लिये अलाव में नाच रहा हूँ। चारों ओर ताजिये खड़े हैं और छबील बँट रही है...फिर अचानक मेरे पाँव जल उठते हैं और मैं चौंककर उठ बैठता हूँ...बाहर हल्की-हल्की बूँदें अभी तक पड़ रही थीं। मुझे याद आया कि इस साल हम मुहर्रम देखने डिंडौरी नहीं गए हैं।

---

1. मखाना के लावा और लाल कपड़े में लिपटा हुआ एक प्रतीक चिह्न।

बारिश के दिन इसी प्रकार बीत रहे थे कि एक दिन मैसू मामा आए और परछी के ठाट में धान की दो-तीन हरी बालें खोंस गए। बदले में अम्माँ ने उन्हें एक पुरानी इकन्नी दी जो नये पैसे के प्रचलन के बावजूद अभी बन्द नहीं हुई थी और मुझे बताया कि आज हरियाली[1] है। तब मुझे याद आया कि आज हरियाली की छुट्टी है और अचानक ही मैं कुछ ज्यादा खुश हो उठा।

उन दिनों अब्बा चमड़ों की तलाश में बाहर गए हुए थे। अब्बा के बाहर चले जाने पर कुछ विशेष ही प्रसन्नता मुझे हो जाती थी। कम-से-कम उन दिनों युद्ध तो नहीं होते थे। अम्माँ गँवई से खाने के लिए कुछ-न-कुछ ले ही आती थीं और हमारे दिन मौज से कटते थे।

वह एक फुहारों-भरी शाम थी जब जल्दी ही खा-पीकर मैं अम्माँ के साथ सोने की तैयारी कर रहा था कि दो-तीन लड़कियों के साथ फुलझर टपक पड़ी। उनके हाथों में बाँस की रंगीन टुकनियाँ थीं और वे खुजलैयाँ[2] बोने के लिए उत्सुक थीं। वे अम्माँ को भी बुलाने आई थीं। उस वक़्त अब्बा होते तब तो वे निश्चय ही नहीं जा सकती थीं, लेकिन किसी प्रकार की बाधा न देखकर वे तैयार हो गईं।

खुजलैयाँ बोने की व्यवस्था फुलझर के ही बरोठे में की गई थी। देखते-देखते रंग-बिरंगी अनेक टुकनियाँ वहाँ एकत्र हो गईं और बच्चों के लिए महलाइन पत्तों की दोनियाँ। उनमें भुरभुरी मिट्टी भरी गई और गेहूँ के दाने बोकर ददरिया गाने के लिए सब बैठ गईं। अम्माँ ने ढोलक सँभाल ली और फुलझर गाल पर हथेली रखकर दादरे की पंक्तियाँ गुनगुनाने लगी :

सोने क गड़ुवा गंगाजल पानी...

यह कार्यक्रम लगातार आठ रातों तक चलता रहा। नवें दिन सुबह लड़कों ने अपनी कलाइयों में राखियाँ बाँधीं और स्त्रियों के साथ फुलझर के

1. एक फसली पर्व, 2. इसे कुछ इलाकों में 'भुजलियाँ' भी कहते हैं। कहीं-कहीं कजली और उत्तर प्रदेश के कुछ स्थानों में 'जरई' भी कहते हैं। कहीं रक्षाबन्धन पर, कहीं तीज पर और कहीं दशहरे पर यह पर्व मनाया जाता है। टोकरियों में गेहूँ या जौ के पौधे उगाए जाते हैं और बहनें उन्हें भाइयों के कानों में खोंसती हैं।

आँगन में एकत्र हो गए। आँगन में एक बड़ी-सी खटिया बिछाई गई जिस पर बरोठे से खुजलैयाँ की टुकनियाँ और दोनियाँ लाकर रखी गईं। धानी रंग के लहलहाते हुए उन पौधों को देखकर मेरा मन भी लहराने लगा। क्षण-भर बाद ही उन पौधों को दूध से नहलाया गया। तब वे पौधे ऐसे दिखने लगे मानो दूध पीते समय शिशुओं ने अपने जिस्म पर दूध गिरा लिया हो!

थोड़ी देर बाद ही सारी स्त्रियाँ सिर पर खुजलैयाँ रखकर नदी में सिराने के लिए बंबुलिया (एक प्रकार का लोकगीत) गाती हुई चल पड़ीं और शाम को अम्माँ के साथ जब मैं घर लौटा तो मेरे कानों में भी ढेर सारी खुजलैयाँ खुँसी हुई थीं।

निश्चय ही मेरे लिए वह एक सुखद अनुभूति थी, पर ऐसे क्षणों में अक्सर मुझे अपने घर का वह माहौल याद आ जाता था जिसमें पता नहीं, कैसे एक असह्य तिक्तता भर गई थी!

तीज का पर्व आया तो पड़ोस में सोंहारियाँ छनने लगीं। गोदले बनने लगे। ऐसे अवसर पर मुझे अब्बा की याद आई। यद्यपि अम्माँ ने मुझे भी वह सब उपलब्ध कराने की भरपूर चेष्टा की, पर कहीं ऐसा अनुभव होता रहा कि अब्बा भूखे होंगे। और उस रोज पहली बार मुझसे ठीक से खाया नहीं गया।

"कैसी तबीयत है तुम्हारी?"

अम्माँ ने पूछा तो मेरा गला एकदम से भर आया और लगा कि मैं रो दूँगा, अतः मैं खामोश रहा। और अम्माँ जब किसी काम में व्यस्त हो गईं तो मैं यह पता लगाने के लिए निकल पड़ा कि इस वर्ष किसके घर फुलरा[1] बँधा है।

परम्परा में कोई परिवर्तन नहीं हुआ था। प्रतिवर्ष की भाँति इस बार भी करोधी बाबू[2] के घर ही फुलरा बँधा था। दूर से ही मैंने छप्पर से लटकते हुए वनस्पतियों के उस पुंज को देखा, जिसमें अनेक प्रकार के हरे पौधे और लाल-पीले फूलोंवाली डालियाँ बँधी थीं।

शाम को जब अम्माँ का बुलावा आया दादरा गाने के लिए, तब मुझे भी फुलरा के निकट बैठने का अवसर मिल गया। स्त्रियाँ फुलरा को रह-रहकर हिला देतीं और ददरिया गाने में व्यस्त हो जातीं। यह क्रम रात-भर चलता

1. तीज के अवसर का स्थानीय रिवाज, 2. बहनोई।

रहा। सबेरे फुलरा को निकटवर्ती नाले में सिराया गया और उपासी स्त्रियों ने वहीं खीरे के टुकड़ों से अपना उपवास तोड़ा।

अब्बा वर्षा बीतने के बाद ही घर आए। मौसम में हल्की-हल्की खुनकी आ गई थी और खासकर शामें बहुत सुहानी हो गई थीं। गलियों का कीचड़ सूख गया था और भुट्टोंवाले खेत राई बोने के लिए जुत गए थे। कुछ खेतों में अभी भी नागर नधे हुए थे। यद्यपि वर्षा के कारण व्यतिक्रम हो गया था, पर अब मेरा स्कूल जाना पुनः नियमित हो चला था। उस रोज मैं स्कूल में था जब अब्बा घर आए थे।

प्रतिदिन की भाँति उस दिन भी मैं यह सोचता हुआ स्कूल से लौटा था कि आज अब्बा आए होंगे और अम्माँ से झगड़ रहे होंगे। पर गनीमत यही थी कि वे लड़ाई के मूड में नहीं थे और अम्माँ की बातों को गौर से सुन रहे थे।

"जाड़ा आ रहा है, कपड़ों का इन्तजाम कर लो।"

"करूँगा भाई, अब सब होगा। इस बार एक डग्गा माल है। हजारों का वारा-न्यारा होगा।"

"कब तक बिकेगा माल?"

"अभी तो इधर-उधर पड़ा है। खाले टोला चौधरी[1] के गोदाम में इकट्ठा हो जाए तब कोई डग्गा ठीक करूँ जबलपुर ले जाने के लिए।"

"जल्दी करना, लड़के के लिए भी कपड़े नहीं हैं।"

"हाँ, हाँ, जल्दी होगा सब। अब अपने पुराने दिन फिर लौट आएँगे, मुझे जबलपुर पहुँचने तो दो।"

उनकी बातों को मैं परछी में खड़ा देर तक सुनता रहा और यह सोचकर बातें समाप्त होने के बाद ही भीतर गया कि कहीं मेरे पहुँच जाने से वह बात छूट न जाए जिसमें हमारी आगामी खुशहाली का विस्तृत वर्णन हो। साथ ही मैं यह भी सोचता रहा कि मेरे लिए यदि अब्बा कुछ ले आए हों तो इस बीच उसे वे अम्माँ को सहेजकर रखने के लिए दे दें। परन्तु दोनों ही ओर से

---

1. चमार।

कोई विशेष दिलचस्पी न दिखाई पड़ने से मैं निराश मन लेकर ही भीतर पहुँचा और सौगात के नाम पर अब्बा ने मुझे भैंसों के जो सींग थमाए, वे मेरे खेलने के लिए नहीं थे बल्कि उन्हें भी वे बेचने के उद्देश्य से जबलपुर ले जानेवाले थे। इस प्रकार मेरे मन में अब्बा की जो छवि निर्मित हुई, वह कुल मिलाकर आदरणीय तो कतई नहीं थी।

यद्यपि सूर्यास्त के बाद से ही अब ठंड पड़ने लगी थी और लोग जल्दी ही घरों में घुस जाते थे या आँगन में बैठते थे तो सैरियाँ जलती होती थीं, पर फुलझर के बरोठे में पठरिया के गीत होने का समाचार सुनकर जब मैं वहाँ जाने के लिए जिद करने लगा तो अम्माँ ने अच्छी तरह गाँती[1] बाँधकर मुझे अनुमति दे दी।

जब मैं फुलझर के घर पहुँचा, श्रोताओं की अच्छी-खासी भीड़ जमा हो चुकी थी। पठरिया बरोठे के बाहर परछी में बैठा अपना चिकारा ठीक कर रहा था और मुख्य घर की लम्बी-चौड़ी परछी में बैठे श्रोता चोंगी-चिलम पीते हुए उत्सुक निगाहों से उसकी ओर देख रहे थे। एक ओर स्त्रियाँ भी बैठी थीं, जो न जाने क्या खुसुर-फुसुर बतिया रही थीं और कभी पठरिया की ओर तो कभी मर्दों की ओर देखकर हल्के-हल्के हँस रही थीं।

तभी मैंने देखा कि उस झुंड में फुलझर ही एक ऐसी लड़की थी जिसे सब छेड़ रही थीं, अतः उनकी बातों की जानकारी लेने के लिए मैं खिसकता-खिसकता औरतों की ओर पहुँच गया।

"तैं आपन दुलहा ला दिखाबे हमला।"

"तोर दुलहा चरका (गोरा) हवै के करिया?"

इसी प्रकार के प्रश्न वे कर रही थीं, जिनका उत्तर वह प्रायः एक शब्द 'हट्ट' में दे रही थी और बार-बार या तो आँखें झुका ले रही थी या छेड़खानी करनेवाली लड़कियों को कुहनी से ढकेल दे रही थी। उस दृश्य में मैं इतना रम गया था कि कब पठरिया के गीत शुरू हो गए थे, मुझे पता भी नहीं चला। अगर फुलझर की दाई ने लड़कियों को डाँटकर चुपाया न होता तो मैं शायद उनकी बातों को ही सुनता रहता।

---

1. ठंड से बचाव के लिए सिर और गर्दन के चारों ओर चादर या किसी मोटे कपड़े से बाँधने की क्रिया।

मगर अब सारी लड़कियाँ चुप हो गई थीं और मैं पठरिया के गीतों में ध्यान लगाने की कोशिश कर रहा था। पठरिया चिकारा बजाता और कुछ इस अन्दाज से गीत के बोल दुहराता कि मुझे उसके फैले हुए होंठों को देखकर बरबस हँसी आ जाती, पर अकेले में हँसने को मैं मूर्खता समझकर खामोश था, यद्यपि लाख मना करने के बावजूद फुलझर की गोइयाँ सिर झुकाकर खिस-खिस कर रही थीं।

फिर मैं ऊँघने लगा और दीवार से सट गया। मुझे सर्दी भी लगने लगी थी, अतः गाँती को ठीक से मैंने लपेट लिया। लेकिन कानों में ठंडी हवा घुसने के कारण मुझे नींद नहीं आई। मैं देर तक यों ही आँखें बन्द किए लेटा रहा। फिर मुझे पेशाब लग आया। तब बहुत देर तक तो मैं सोचता ही रहा कि मुझे उठकर पेशाब कर आना चाहिए। वैसे घर पर यदि मैं बिस्तर पर सोया होता तो यह कष्ट मुझे न उठाना होता, मैं बिस्तर पर ही सरलतापूर्वक मूत सकता था। परन्तु मुझे उठना ही पड़ा।

और जाँघिया के आगे हाथ दबाए जब मैं करीब-करीब दौड़ता हुआ सार के पिछवाड़े बाड़ी में पहुँचा तो यह देखकर चौंक गया कि वहाँ कीकर के वृक्ष के नीचे फुलझर और लोखरी मौजूद थे। उस समय वे कुछ इस दशा में थे जिसे बूढ़े लोग अच्छा नहीं मानते। मेरी नानी इसी तरह की बातों को लेकर कई फटकारें शहीदन को सुना चुकी थीं जिसे वे 'सग्यान' (जवान) कहा करती थीं।

उन्हें देखकर मैं पास ही बिखरी भखड़ेरा की झाड़ियों की आड़ में हो गया और उस दृश्य का पूर्ण आनन्द लेने लगा, लेकिन तभी उन्होंने पैंतरा बदल दिया और अब वे बातें करने लगे। वे इस प्रकार खुसुर-फुसुर बतिया रहे थे जिससे मुझे लग रहा था कि वे कोई गुप्त योजना बना रहे थे। पर मैं उनकी बातों को ठीक से नहीं सुन पा रहा था। उनकी बातों में एकाध बार मेरा नाम भी आया, पर मैंने अनुमान लगाया कि मेरे माध्यम से उन्होंने मेरी अम्माँ की ही चर्चा की होगी।

और उनसे पहले ही मैं आकर अपने स्थान में दुबक गया। फिर मैंने देखा, थोड़ी देर बाद फुलझर आई और लड़कियों के बीच घुस गई। तब कुछ अधिक देर बाद बीड़ी पीता हुआ लोखरी आया और सबसे पीछे एक कोने में चुपचाप बैठ गया।

तभी अचानक मुझे खयाल आया कि इस स्थान पर हम सभी मिल-जुलकर क्यों बैठे हैं? वस्तुतः गोंड़ों के बीच लोखरी कोल को देखकर मुझे इसलिए विशेष आश्चर्य हुआ कि कथा आदि सुनते वक्त कोलों के बच्चे आँगन में उस स्थान तक नहीं आने पाते थे जहाँ तक गोबर से लीपकर ढिगियाया[1] गया होता था। अक्सर मैं देखा करता कि आँगन के बीचोबीच, जहाँ केले के पत्ते बेतरतीबी से पड़े होते, केवल पंडित जी ही बैठते थे और चारों ओर केवल गोंड़ ही बैठते थे। वहाँ न कोल बैठ पाते थे, न बैगा। आज ऐसा बन्धन क्यों नहीं है, यह प्रश्न मुझे बहुत परेशान करने लगा और मैंने बहुत चाहा कि किसी लड़के से इस बारे में पूछूँ पर कोई लड़का वहाँ दिखाई ही नहीं पड़ा। दरअसल लोखरी की उपस्थिति से मैं भीतर-ही-भीतर बहुत चिढ़ने लगा था। और कोई उपाय मुझे नहीं सूझा तो मैं वाक-आउट कर गया।

घर पहुँचा तो देखा, अब्बा सो गए थे और अम्माँ सिसक रही थीं।

वह दृश्य देखकर ही मेरा हृदय धक्-धक् करने लगा। मुझे पूरा विश्वास हो गया कि जरूर इनमें लड़ाई हो गई है और अब्बा ने अम्माँ को फिर पीट दिया है।

"अपने अब्बा को जगाओ।"

लेकिन मेरे पहुँचते ही जब उन्होंने इस प्रकार की बात कही तो मुझे सन्तोष हुआ। और तब लगा कि जरूर अम्माँ की तबीयत खराब है। लेकिन उस रोज पहली बार मुझे ज्ञात हुआ कि अम्माँ गर्भवती थीं।

अब्बा रात में ही चमाइन बुलाने चले गए थे और मैं नानी को बुला लाया था। अम्माँ रात-भर दर्द से छटपटाती रहीं और सुबह मैंने देखा कि वे किसी ऊँची जगह पर नंगी बैठी थी और सामने खून-पानी के लिसलिसेपन के बीच एक लाल-लाल बच्चा चीख रहा था। एक अनिर्वचनीय जुगुप्सा से उस क्षण मैं भर उठा था। पर अम्माँ के साथ-साथ मुझे भी जब मीठा-मीठा हरीरा पीने को मिलने लगा और थोड़े दिनों बाद ही अम्माँ के गँवई चले जाने के बाद जब एक बच्चे को बागा बाँधकर खेलाना पड़ा तो प्रसन्नता और ऊब की अनुभूति साथ-साथ हुई। और जल्दी ही जब वह मेरा नन्हा साथी परलोक सिधार गया तब रोया भी मैं ही सबसे अधिक।

---

1. ज्यामितिक डिजाइन बनाना।

उस नन्हे बच्चे ने, जो कि मेरे माता–पिता के बुढ़ापे की सन्तान थी, मेरी जिन्दगी को बदलने की भूमिका अदा की थी और मैं उसका आभारी भी था, पर वह जल्दी ही मुझे अकेला कर गया था। अब फिर मेरे दिन स्कूल के उपदेशी वातावरण और घर के नीरस दायरे में कटने लगे थे।

एक दिन मुझे आदेश मिला कि मैं खाले टोला जाकर गोदाम के चमड़ों की व्यवस्था देखूँ।

उन दिनों सूर्यास्त जल्दी होता था और उससे पूर्व ही ठंड बढ़ जाती थी। स्कूल से आने के बाद यद्यपि इतना वक्त नहीं होता था कि खाले टोला जाकर चमड़ों की व्यवस्था देखी जाए, पर एक तो अब्बा का हुक्म और दूसरे नए वातावरण में पहुँचने की उत्सुकता के कारण मैंने वह स्थिति स्वीकार कर ली। मैं जब खाले टोला पहुँचा, अब्बा पहले से वहाँ मौजूद थे और चौधरी के आँगन में बैठे सामने गोदाम में रखे जाते चमड़ों को देख रहे थे। मैं उन्हीं के पास चारपाई पर बैठ गया और उस नए वातावरण को गौर से देखने लगा। सच तो यह है कि जिस नए वातावरण की मैंने कल्पना की थी, उसके विपरीत वहाँ एक घुटन–भरा दृश्य था। चौधरी के घर के सामने, जहाँ हम लोग बैठे थे, उसके पास ही हर्रा के पके हुए रस में चमड़े के टुकड़े डूबे हुए थे जिनसे चौधरी पनही बनाने का काम लेता था। उसके घर की छानी पर गाय अथवा भैंस का गोश्त सूखने के लिए फैला था। इधर–उधर कुछ हड्डियाँ पड़ी थीं तथा आठ–दस सींग फैले हुए थे। पूरा माहौल बदबू से भरा हुआ था।

''जाओ, चमड़े गिनवा लो।''

सहसा अब्बा ने मुझे मेरा काम बताया और मैं गोदाम की ओर चल पड़ा, जहाँ चमड़े गिननेवाले चमार उस वक्त सुस्ता रहे थे। मुझे देखते ही वे फिर अपने काम में जुट गए।

वहाँ कई तरह के चमड़े थे। कुछ गौखा (गाय के चमड़े) थे और कुछ पड़वा तथा कुछ चमड़े भैंस के भी थे। उनमें अधिकांश चमड़े सूखे हुए थे और उनका आकार किसी बड़े पापड़ की भाँति हो गया था, पर कुछ चमड़े गीले भी थे जिनमें नमक लगाया गया था। उन चमड़ों से तो और तीखी बदबू आ रही थी, जिसे मैं कतई बर्दाश्त नहीं कर सकता था।

“आप जाइए, मैं लिखूँगा।”

वापस आकर बगैर किसी मर्यादा का ध्यान रखे मैंने कह दिया, पर अब्बा न तो उखड़े, न ही गोदाम तक गए। वे पक्की पेंसिल को जीभ से छुलाकर उससे स्याही-जैसी चमक उत्पन्न करते हुए एक पुरानी-सी नोटबुक में स्वयं लिखते रहे और चमारों के द्वारा बताई जाती संख्या पर ही सन्तुष्ट होते रहे।

चमड़ों की व्यवस्था करने में अब्बा बेहद थक गए थे और वे दो-चार दिन आराम कर लेने के बाद ट्रक का प्रबन्ध करना चाहते थे। इसलिए एक शादी में निकाह पढ़ाने के लिए आमंत्रण मिलने पर वे मुझे लेकर न्योसापोंड़ी चले गए। वहाँ के मुसलमान छोटी जाति के थे और उनके यहाँ हिन्दू समाज की सारी रीतियाँ परिपालित होती थीं। यद्यपि उस समाज से अब्बा एक कट्टर मुल्ला की भाँति ही घृणा करते थे, पर कुन्नी बेहना की अधेड़ बीवी के आग्रह के कारण वे वहाँ अधिक दिनों तक ठहर जाते थे। वह गेहुएँ रंग की एक छरहरी-सी स्त्री थी जिसके दाँत बेहद सफेद थे। वह अक्सर हमें अधिक दिनों तक रोकने की जिद करती थी। उस बार तो सर्दियों की बारिश शुरू हो जाने के कारण अब्बा को जैसे सुनहरा अवसर प्राप्त हो गया। इस प्रकार लगभग एक सप्ताह के बाद दावतें उड़ाकर जब हम लौटे तो अब्बा को पहली चिन्ता चमड़ों को बेचने की हुई और वे अगली सुबह ही चौधरी के यहाँ पहुँच गए।

लेकिन वापस लौटे तो उनके चेहरे पर मुर्दनी छाई हुई थी। आँखों में सूखे हुए आँसू थे और शरीर में हारे हुए योद्धा की-सी शिथिलता। दरअसल वर्षा में गोदाम की सड़ी हुई छानी से इतना पानी चुआ था कि सारे चमड़े भीगकर प्रायः सड़ चुके थे और अब वे दस-बीस रुपयों के लिए भी महँगे थे।

“और न्योता खाया जाए! तुम लोग गोश-पुलाव खाकर गुलछर्रे उड़ा लो और मैं डाँव-डाँव घूमकर अपना करेजा जलाऊँ! इस बुढ़वा के पल्ले पड़कर तो मेरी किस्मत ही फूट गई...”

अम्माँ ने अपना राग अलापना शुरू किया और सुनते-सुनते अब्बा अपने असली स्वरूप में आ गए। फिर वही मारपीट, गाली-गलौज, रोना-चीखना...एक छोटा-मोटा युद्ध-स्थल बनकर मेरी मड़ैया तड़पने लगी। मैं

चुपचाप बाहर निकल गया—दिन-भर नर्बदा काका के भर्रा (लाल मिट्टीवाला खेत) में खामोश बैठने के लिए, या फिर शहीदन के साथ निरर्थक बातें करने के लिए।

साबुनलाल ने मुझे सूर्योदय से पूर्व ही जगा दिया था। उस दिन खिचरी थी और साबुनलाल के साथ मैं भी छेरता[1] माँगने जानेवाला था। यद्यपि इस बात की अनुमति मैंने घर से ले ली थी, पर ठंड के मारे मेरी जान निकल रही थी। दरअसल उस साल की सर्दियाँ भी हम अम्माँ की पुरानी धोतियों और फटी-चिटी कथरियों को साट-साटकर ओढ़ते हुए काट रहे थे और हमारे पास पहनने के लिए भी पर्याप्त वस्त्र नहीं थे। नंगे पाँव चलने के कारण मेरे पाँवों की जिल्द फट गई थी और हाथों की भाँति ही उनसे भी खून बहने लगा था, जिन पर अम्माँ महुवे का तेल लगाकर मुझे सान्त्वना दिया करतो थीं।

साबुनलाल ने एक पिछौरी (चादर) के टुकड़े की तीन परतोंवाली झोली मेरे लिए बना दी थी जिसे कन्धे पर लटकाकर, हाथ में एक छोटा-सा डंडा लिये हुए मैं उसके पीछे-पीछे पथरीले रास्ते पर बढ़ा जा रहा था और सोच रहा था कि जो अनाज मिलेगा, उसे बेचकर मैं एक गर्म स्वेटर खरीदूँगा। अम्माँ तो अपने पैसे से स्वेटर खरीदने से रहीं। जब भी मैं उनसे किसी चीज के लिए कहता, हर बार उनका एक ही जवाब रहता, 'दाम न कौड़ी, नाक छिदावन दौड़ी'! इसके अलावा और भी बहुत-सी बातें थीं जिन्हें मैं रास्ता चलते हुए सोचना चाहता था, पर पाँवों की ठिठुरन के कारण रह-रहकर शृंखला टूट जाती थी। बीच-बीच में साबुनलाल मुझे समझाने लगता था कि एक परत में कोदो, दूसरे में धान और तीसरे में अन्य चीजें रखी जाएँगी। तीसरे परतवाली मिलवाँ चीजों को घर चलकर अलग-अलग किया जाएगा।

''छेर छेर छेरता कोदो धान हेरता।''

सहसा एक द्वार पर पहुँचकर साबुनलाल अलापने लगा और डंडे से आँगन की मिट्टी खोदने लगा। उसे ऐसा करते देखकर मैंने भी उसका

1. मकर संक्रान्ति की स्थानीय प्रथा।

अनुकरण करने की चेष्टा की, पर विशेष सफलता मुझे नहीं मिली। फिर भी मैं निराश नहीं हुआ और अनुकरण करता रहा।

थोड़ी देर बाद भीतर से एक स्त्री निकली—कछाड़ा मारकर टखनों तक किनारीदार कत्थई धोती पहने, ऊनी धागे से जूड़ा बाँधे—और साबुनलाल की झोली में उसने थोड़ा-सा कोदो डाल दिया।

''येहू क दे आजी!''

साबुनलाल ने मेरी ओर इशारा किया तो लगभग नाक-भौं सिकोड़ते हुए उसने मेरी झोली में भी थोड़ा-सा कोदो डाल दिया।

इस प्रकार अनेकानेक घरों का हमने चक्कर लगाया और मैंने अनुभव किया कि साबुनलाल सभी घरों से पूर्व परिचित है, इसलिए उसका लोग विशेष खयाल करते थे। पर नया लड़का समझकर प्राय: मेरी उपेक्षा ही की गई। कहीं-कहीं तो मुझे सिर्फ नमक के चन्द डले देकर ही टरका दिया गया।

फिर भी काफी कोदो मेरे पास एकत्र हो गया। यद्यपि दूसरे अनाज भी मेरी झोली में थे पर उनकी मात्रा अत्यल्प थी।

घर आकर साबुनलाल खिचड़ी की तैयारी में जुट गया। अपनी बहनों से उसने जाँता[1] में कोदो दलवा लिया और उसे कुटवाकर कुदई तैयार करा ली। गेहूँ में मिली हुई दाल को अलग करा लिया। और फिर शाम होते ही बर्तन आदि लेकर बहनों-भाइयों के साथ टाकिन के किनारे जाने के लिए तैयार हो गया। लेकिन ठंड का बहाना बनाकर मैं इस प्रोग्राम को टाल गया। यद्यपि मेरे मन में यह देखने की उत्सुकता थी कि किस प्रकार वे लोग नदी के किनारे खिचड़ी बनाएँगे और एक लड़का कौवा बनेगा, जो छीन-छीनकर खिचड़ी खाएगा और सभी लोग लुआठियों से उसे मारने के लिए उठेंगे, फिर भी वह छीन-झपटकर अपना पेट भर लेगा...लेकिन मेरे मन में तो दूसरी ही योजना थी।

दूसरे दिन रविवार था। डिंडौरी का बाजार। सुबह से ही बाजार चलने की मैंने रट लगा दी। अपना कोदो मैंने अच्छी तरह एक गठरी में बँधवा लिया और सिर पर रखकर चल पड़ा। लेकिन थोड़ी दूर बाद ही मैं थक गया, अत: गठरी अम्माँ ने ले ली। अब्बा कन्धे पर रखे एक डंडे में झोला फँसाए आगे चल रहे थे और हम लोग उनके पीछे थे।

1. मिट्टी की चक्की।

नर्मदा पार करके थोड़ा-सा मोटो[1] पड़ता था जिसे पार करते ही शीशम के वृक्षों से घिरी सड़क शुरू हो जाती थी। वैसे तो वह पक्की सड़क थी जिस पर जबलपुर से डिंडौरी की बसें चला करती थीं, पर जगह-जगह डामर उखड़ गया था और कहीं गिट्टियाँ तो कहीं मोरम ही दिखाई पड़ता था।

उसी सड़क के किनारे एक शीशम के नीचे बाजार के दिन अस्थायी फड़ लगता था जहाँ कुरो-बरिहा[2] से नापकर गल्ला खरीदा जाता था। वे प्रायः राठौर होते थे। उन सेठ किस्म के गोरे-चिट्टे लोगों ने अम्माँ के सिर से गठरी छीन ली और जबरदस्ती कोदो नापने लगे। वे लोग हमेशा ऐसा ही किया करते थे और लोग बोझ ढोने से बचने के लिए ही शायद सस्ते दामों में अनाज वहाँ बेच दिया करते थे, जिसे वे राठौर लोग बाजार ले जाकर ऊँचे दामों में बेचा करते थे।

मैंने चाहा कि गठरी उनसे छीन लूँ और बाजार चलकर कोदो बेचा जाए, लेकिन अम्माँ और अब्बा के खामोश रहने से वे लोग देखते-ही-देखते कोदो को अपनी रास में मिला चुके थे।

इस प्रकार चन्द पैसे लेकर जब हम बाजार पहुँचे तो अम्माँ और अब्बा को ढेर सारी चीजें याद आ गई थीं और वे लोग स्वेटरवाली बात प्रायः भूल चले थे, लेकिन मेरी रट के आगे उन्हें झुकना पड़ा और बेमन से उन्होंने मुझे आसमानी रंग का जो स्वेटर दिलाया, वह सूती धागों से बना हुआ था और मेरे शरीर के लिए छोटा होता था। देखने में भी वह गन्दा और पुराना लगता था। इस प्रकार काफी सस्ते दामों में वह मिल गया था और शेष पैसों से अन्य चीजें खरीदी गई थीं। फिर भी बहुत सारी चीजें रह गई थीं और लौटते वक्त अब्बा-अम्माँ में कोई बातचीत नहीं हो रही थी।

मेरा सूती स्वेटर किसी काम का नहीं था, अतः सर्दी से बचने का कोई दूसरा उपाय मैं ढूँढ़ना चाहता था, पर मेरी छोटी-सी बुद्धि इस काम में असफल रही। और मैं बीमार पड़ गया। निश्चय ही मुझे सर्दी लग गई थी, पर अम्माँ का कहना था कि टोना लगा है। वे फुलझर के दादा को बुला लाई

1. काली मिट्टी का क्षेत्र, 2. स्थानीय पुराने नपने। आठ बरिहा = एक कुरो। ये नपने लकड़ी के होते हैं।

थीं जो झाड़ू लेकर मेरे सामने बैठ गए थे और न जाने क्या पढ़कर मुझ पर फूँक मार रहे थे और जमीन पर झाड़ू पटक रहे थे। उस क्रिया से भी जब मैं ठीक नहीं हुआ तो मुझे तुलसी की पत्तियों का काढ़ा पिलाया गया, दाहिने पाँव में कम्बल का टुकड़ा बाँधा गया, लेकिन फिर भी मैं ठीक नहीं हुआ। तब मुझे लेकर अम्माँ धमनगाँव गईं। वहाँ सूप और दीपक के सहारे तरह-तरह से मेरे ऊपर से भूत उतारने की कोशिश की गई। तावीजों से मेरी गर्दन भर गई, पर कोई लाभ नहीं हुआ। तब अब्बा मुझे पास ही के मिशन अस्पताल में ले गए, जहाँ सुई लगाने के बाद मैं ठीक हुआ।

ठीक हो जाने के बाद भी मैं इतना दुर्बल था कि हमेशा बिस्तर पर पड़ा रहता था। ऐसे कुसमय में एक शहीदन ही थी जो मेरे पास प्रायः बैठी रहती थी। वह मुझसे मेरी तबीयत का हाल पूछती और सिर दबाती। कभी-कभी वह बेहद निराश हो जाती और अपनी सहायता के लिए नानी को भी बुला लाती। नानी आतीं तो अम्माँ की निन्दा शुरू कर देतीं। उनका तर्क था कि अम्माँ की लापरवाही के कारण ही मेरी यह दशा हुई है। फिर वे अब्बा की प्रशंसा करतीं, क्योंकि उनके प्रयासों के फलस्वरूप ही मैं ठीक हुआ था।

दुर्बलता थोड़ी कम हुई तो मैं खेलने निकल गया, पर दौड़ते वक्त गिर गया और मेरे हाथ में काफी चोट आ गई। इस प्रकार मुझे फिर बिस्तर पर पड़ जाना पड़ा। मेरे हाथ में इतना दर्द था कि लोगों ने उसे टूटा हुआ करार दे दिया और जोड़ने के तमाम देहाती उपाय किए जाने लगे। बाँस की खपच्चियों के बीच मेरा हाथ बाँध दिया गया और ऊपर से गर्म-गर्म सोंहारियाँ लपेटकर कपड़े से उसे अच्छी तरह कस दिया गया। इस प्रकार गँवई प्लास्टर चढ़ाने के बाद लोग निश्चिन्त हो गए और मुझे ऊबता हुआ छोड़कर सब अपने-अपने में व्यस्त हो गए। अम्माँ ने पेट भरने के लिए टोपरा उठा लिया और वक्त काटने के लिए अब्बा बंसियाँ लेकर नालों का चक्कर लगाने लगे। अब तो शहीदन को काम से फुर्सत भी नहीं मिलती थी। हालाँकि बेगम के जिम्मे भी कई छोटे-मोटे काम होते थे, पर इधर-उधर से मौका निकालकर वह अक्सर ही मेरे पास आ जाती और गुड्डे-गुड़ियों का ब्याह रचाकर हम लोग थोड़ी देर के लिए सयाने बन जाते थे। जिस रोज वह न आती, मैं उसे खुद बुला लाता। एक रोज तो मैंने उसे सिर्फ इसलिए काफी पीटा कि उसने मेरे साथ खेलने से इनकार कर दिया था। उस रोज मामू रोने लगे थे और बेगम की बाँह थामकर अम्माँ के पास ले आए

थे। उसकी पीठ पर डंडे का निशान साफ उभरा हुआ था। मामू ने अम्माँ को वह निशान दिखाया और बोले :

"अरी करिमिया, तोर लरका एक दिन मोर बिटिया क मार डारी!"

लेकिन बेगम का मेरे साथ खेलना फिर भी बन्द नहीं हुआ। अगले दिन से ही वह फिर मेरे घर आने लगी।

एक रोज तो अपनी गुड़ियों का ब्याह न करके हम लोगों ने खुद अपना ही ब्याह कर लिया। बेगम दुलहिन बनी और मैं दूल्हा। टोले में उन दिनों तोतरा मामा की लड़की गंशा का ब्याह हुआ था और पूरा दृश्य हमारे सामने था। इसलिए बिलकुल हिन्दू रीति से हमने अपना ब्याह रचाया। मैंने हर्रा की हरी-हरी डालियों का मौर अपने सिर पर बाँधा और माथे से सरौता लगाकर खड़ा हो गया। मेरे पीछे बेगम अपनी चुन्नी का घूँघट काढ़कर खड़ी हो गई। मँड़वा हमने पहले ही गाड़ लिया था। अब हम भँवरी फिरने लगे। चूँकि वहाँ नगाड़ा बजानेवाला कोई नहीं था, इसलिए अपने मुँह से ही आवाज कर-करके हम नगाड़े की ध्वनि निकालने लगे—'दुरजुग दुरजुग तीन घमाघम...'

फिर परछी में एक कथरी बिछाकर हम लेट गए। हमें नींद आ गई।

इस तरह अपना ब्याह हमने कई बार रचाया। उन दिनों तो जैसे कोई काम ही नहीं था हमें, सिवाय इसके कि हम अपना ब्याह रचाएँ। लेकिन घर की परिस्थितियाँ इतनी विषैली हो चुकी थीं कि मेरा मन कड़वा हो गया था। मेरे भीतर का सारा उत्साह मानो सूख चुका था और मैं अपने आपसे भी ऊब चला था।

एक रोज जब मैं बिलकुल अकेला था, बेगम आई और मेरे सामने बैठ गई। वह मुझे एकटक निहारने लगी। लेकिन भीतर से मैं इतना बिखरा हुआ था कि उसका इस तरह निहारना मुझे बहुत बुरा लगा। दरअसल उस वक्त मैं अकेला ही रहना चाहता था। जब सब लोग मुझे छोड़कर चले जाते हैं—अब्बा भी और अम्माँ भी—तो यह बेगम ही क्यों आया करती है मेरे पास? और मैंने अपनी खिजलाहट उसके सामने व्यक्त कर दी।

"तुम भी क्यों नहीं चली जातीं? जाओ, अपना काम करो!"

बेगम चौंक उठी। वह शायद इस प्रकार के व्यवहार के लिए तैयार नहीं थी। बोली :

"कइसन बोलत हस ? का मैं खराब लगऽथौं ?"

"नहीं, मैं अकेला ही रहना चाहता हूँ, तुम जाओ !"

और वह रोने लगी। मैं अवाक् उसका मुँह ताक रहा था।

बीमारी से उठने के बाद मुझे भूख लगने लगी थी, पर इस नए रोग का उपचार होना कठिन था। अतः अपना अतृप्त मन लिये मैं दिन-भर इधर-उधर भटकता रहता और किसी नए परिवर्तन की आशा लगाए रहता। पर परिवर्तन के नाम पर सिर्फ इतना ही होता कि कभी-कभी टोले में कोई बन्दर नचाने वाला आ जाता, या डंगचढ़िया (नट) आ जाते और कुछ क्षणों के लिए मैं अपने नए रोग से मुक्ति पा जाता, लेकिन उन क्षणों में भी मेरा मन पूरी तरह शान्त नहीं रहता था।

बसन्त के दिन आ गए थे और विवाहोत्सव आरम्भ हो गए थे। फुलझर के विवाह का दिन भी निश्चित हो गया था और उसे हल्दी लगने लगी थी। तेल चढ़ाते समय गीत गाने के लिए प्रायः अम्माँ बुला ली जाती थीं और साथ में मैं भी चला जाता था। मैं देखता कि अपने बरोठे में फुलझर अधनंगी-सी बैठी होती और स्त्रियाँ उसके शरीर पर पिसी हुई गीली हल्दी मल रही होतीं। हल्दी लग जाने से उसके शरीर की चमक बढ़ गई थी। उसके अंग पीले पत्थरों की भाँति दमक रहे थे और घुँघराले बालों से ढके चेहरे पर कुछ इस प्रकार का भाव तैर रहा था जिसका अर्थ बता सकना कठिन था।

फिर उसकी माँगर-माटी का दिन आ गया और रात में मँड़वे के लिए हरी-भरी डालियाँ काटने उसके भाइयों के साथ मैं भी गया। पास के पतेरा से ही ढेर सारी डालियाँ हम ले आए और रातों-रात मँड़वा तैयार हो गया। मँड़वे के नीचे कुछ घड़े रख दिये गए, जिन पर मिट्टी और धान के माध्यम से अलंकरण बने हुए थे।

बारातवाले दिन तो मैं सुबह से ही फुलझर के यहाँ पहुँच गया। खाना भी वहीं पतरी पर खाया और नगाड़े के पास बैठा रहा, जो अपनी आवाज से वातावरण में विवाह की मादकता भर रहा था। जब दारू बँटने लगी तो एक

छाका (दोना) दारू भी मैंने पी ली, पर नशा मुझे नहीं आया। हाँ, हलक जरूर जल गया।

दूल्हा घोड़े पर आया। वह पीली परदनी पहने हुए था और पीले साफे के बीच बाँस तथा चमकीले कागजों से बना मौर लहरा रहा था। हल्दी से उसका भी जिस्म पीला पड़ गया था। वह अपने माथे से सरौता लगाए हुए था।

थोड़ी देर बाद भँवरी पड़ी और नगाड़े की नशीली ध्वनि के साथ विवाह सम्पन्न हो गया। वर-वधू को मँड़वे के नीचे गाँठ जोड़कर बैठा दिया गया और स्त्रियाँ उन्हें टीकने[1] लगीं।

भोजन में बारातियों को बकरे का मांस और कुदई का भात खिलाया गया, फिर दारू पिलाकर विदा कर दिया गया। क्रन्दन करती हुई फुलझर को पीली धोती में लपेटकर जब खटोले की डोली में बैठाया गया तो मेरा दिल हिल गया। मैं वहाँ से भाग चला।

अब फुलझर की सिर्फ यादें रह गई थीं। अम्माँ की एकमात्र सहेली छूट जाने के कारण वे कुछ चिड़चिड़ी भी हो गई थीं। उनके पास बैठकर अब उनका दुख-दर्द सुननेवाला कोई नहीं था।

लेकिन इस परिवर्तन का मेरे ऊपर सिर्फ इतना प्रभाव पड़ा कि फुलझर के घर जाना मैंने बन्द कर दिया और दिन-भर अकेला इधर-उधर घूमता रहा। फिर भी एक रोज, जब उसके यहाँ भिम्मा-भिम्मिन[2] का नृत्य हो रहा था, तब मैं वहाँ जाने का लोभ सँवरण नहीं कर सका और सार के पास रखे एक कुन्दे पर बैठकर देर तक उस छोटी-सी लड़की का नृत्य देखता रहा जो हल्के-हल्के ताल देकर नाच रही थी और अपने पिता के स्वर में स्वर मिलाकर गा रही थी।

रात से ही अम्माँ की कमर में दर्द था और सबेरे-सबेरे वे मामू से अपनी पीठ और कमर दगवा रही थीं। आँगन में एक ओर वे उकड़ूँ बैठी थीं और बगल में जलती हुई गोरसी रखी थी, जिसमें एक हँसिया लाल हो रहा था। हँसिया का फल जब तरबूज की फाँक की तरह हो जाता तो मामू हँसिया

---

1. हल्दी-तेल से वर-वधू के माथे पर टीका लगाने की प्रथा, 2. एक जाति।

निकाल लेते और उसकी नोक को अम्माँ की कमर तथा पीठ में जल्दी-जल्दी चुभोने लगते, जैसा कि लोग अपने घोड़ों की पीठ पर पहचान के लिए लोहे के किसी छड़ को तपाकर निशान लगाया करते थे। इस क्रिया से अम्माँ की सी-सी और पीठ से चट्-चट् जैसी आवाजें एक साथ आ रही थीं।

अब्बा दूसरी ओर खटिया पर लेटे थे और आकाश की ओर देख रहे थे।

''या अल्ला! अब मौत दे दे!''

अम्माँ के मुँह से यह आवाज निकली और पूरे वातावरण में बिखर गई। अब्बा चुप रहे।

''अब तैं आराम कर कछु दिना।''

मामू की आवाज दर्द से भरकर निकली और मैंने सोचा, इस पर भी अब्बा खामोश रहेंगे, लेकिन वे बुदबुदाने लगे।

''आराम जैसे नहीं किया है उसने, आज तकलीफ के दिन आए हैं तो बहन के लिए फिक्र होने लगी है!''

और वे उठकर कहीं चले गए। मुझे लगा कि अब मामू भी कुछ बोलेंगे और अम्माँ रोएँगी, इसलिए मैं भी वहाँ से हट गया।

खोरी में पहुँचकर मैं सोचने लगा कि कहाँ जाऊँ? तभी साबुनलाल का छोटा भाई एक हाथ में रामफूल की छड़ी लिये डोक्के (गिरगिट) मारता हुआ निकला और मैं भी उसके साथ दौड़ने लगा। लेकिन थोड़ी देर बाद ही मैं थक गया, अतः एक पेड़ के पास खड़ा हो गया।

''चलो, कोई दूसरा खेल खेलें।''

मैंने सम्पतलाल को सुझाव दिया तो वह मेरी ओर घूरकर देखने लगा।

''तैं हमन से अंग्रेजी न बोला कर।''

अब सम्पतलाल को मैं घूरने लगा और मन-ही-मन एक नाटक के उस डायलॉग को दुहराने लगा जो स्कूल में मुझे रटाया गया था :

'भइगे दू जुवार क चारा बैलामान खातिर सकेल डारौं। काली क काली देखबोन। भगवान करा एसनेच हमार भाग में बदे रहै कि रात-दिन कमाथन, चाँउर पैदा करथन रगत क पसीना बनऽथन, तौने पर डौकी-मन-टुरामन ला भर पेट खाए बर नहिं मिलै...'

हालाँकि यह डायलॉग हमारे जिले की बोली में नहीं था, गुरुजी बताते थे कि यह छत्तीसगढ़ी है, तथापि इस बोली के डायलॉग अन्य लड़कों को

सरलता से याद हो गए थे, लेकिन अपने घरेलू माहौल के कारण मैं इस बोली को अच्छी तरह नहीं बोल पाता था। फिर भी, ऐसा नहीं था कि मैं सम्पतलाल से उसकी बोली में बात न कर सकूँ।

"चल, दूसर खेल खेला जाए!"

"चल, अजगर देखै चला जाए!"

"चल!"

और हम बहेरा के उस पेड़ की ओर चल पड़े जो दूर पतेरा के छोर पर था। उसके नीचे बैठकर हम घंटों उसके फलों से बीज निकाला करते थे और खाया करते थे। उन दिनों सुना गया था कि उस पेड़ के नीचे एक अजगर आया हुआ है।

बहेरा के आसपास काफी भीड़ लगी थी। लोग अजगर देख रहे थे और उस पर ढेले फेंक रहे थे। अजगर पेड़ की जड़ से अच्छी तरह लिपटा था और रह-रहकर अपने बछिया-जैसे मुँह को इधर-उधर घुमा रहा था। सम्पतलाल भीड़ के एकदम आगे पहुँच गया, पर मैं डर के मारे थोड़ा पीछे ही रहा और रह-रहकर उससे घर लौटने के लिए कहता रहा।

"तैं आज का खाए हस?"

घर लौटते वक्त रास्ते में उसने मुझसे प्रश्न किया तो मेरा मुँह एकदम से उतर गया। लेकिन मैंने बहादुर बनने की कोशिश की।

"और तैं?"

"पहले तैं बताव।"

"पेज-भाजी। और तैं? अंडा-रोटी?"

उसने कुछ इस तरह यह वाक्य कहा कि पहले आधे भाग में निराशा और अन्तिम आधे भाग में लालच का आभास मुझे हुआ। और यह सोचकर मैं एकदम से बुझ गया कि सम्पतलाल जैसा लड़का मेरे भोजन के बारे में कितनी लुभावनी कल्पना करके बैठा है!

"नहीं, कुछ नहीं।"

अत्यन्त दीनतापूर्वक मैंने उसके प्रश्न का उत्तर दिया, पर वह जैसे चिंघाड़ उठा :

"हट् झुट्ठा!"

"मैं झूठ नहिं बोलऽथौ।"

"सच्ची, आज तैं कच्छु नहिं खाए हस?"

"नहिं।"

"भूख लगीसे?"

"हाँ।"

और हम दोनों उदास हो गए। फिर वह मुझे लेकर उस पठार की ओर चल पड़ा जहाँ लाल धरती पर टेसू के छोटे-छोटे पौधे उगे हुए थे। उसने रास्ते में पड़ी एक लकड़ी उठा ली और टेसू के एक पौधे को खोदने लगा। थोड़ी मेहनत के बाद वह उस पौधे को जड़-समेत उखाड़ने में सफल हो गया। उसके बाद दो पौधे उसने और उखाड़े, फिर उनकी डालियाँ उसने तोड़कर फेंक दीं और जड़ों को लेकर नदी की ओर बढ़ चला। वहाँ पानी में जड़ें उसने धोईं और मैंने देखा कि सफेद चूहों की भाँति मूली-जैसी वे जड़ें उसके काले-काले हाथों में बेहद खूबसूरत लग रही थीं। दो जड़ें उसने मुझे थमा दीं और एक को वह स्वयं कचर-कचर चबाने लगा। पता नहीं, भूख के कारण या अपने स्वाभाविक गुण के कारण मुझे वे जड़ें बहुत स्वादिष्ट लगीं। मुझे ऐसा लगा, जैसे मैं दूध की छीमियाँ चबा रहा हूँ!

और लौटकर मैंने देखा कि अम्माँ पेट के बल भीतर जमीन पर पड़ी थीं और अब्बा घर पर नहीं थे। पूरा घर मुझे किसी लाश की तरह लग रहा था और उस पूरी स्थिति का विश्लेषण कर सकने में मैं असमर्थ था। थोड़ी देर तक मैं यों ही खड़ा रहा। फिर धीरे-धीरे आँगन में निकल आया। अब मेरे सामने सिर्फ एक ही विकल्प था कि मैं नानी के यहाँ चला जाऊँ और शहीदन के पास बैठकर अपना गम गलत करूँ।

लेकिन जल्दी ही शाम होने लगी और मैं पुकार लिया गया।

"बाबाऽऽ!"

यह अब्बा की पारम्परिक पुकार थी, जिसे सुनते ही मैं दौड़ता हुआ एक साँस में घर पहुँच जाता था।

दिन ढल गया था और वातावरण बहुत बुरा लग रहा था। अम्माँ उसी प्रकार दर्द से कराह रही थीं। अब्बा ने जो जली-कच्ची दो रोटियाँ बनाई थीं, उन्हें भेजरा[1] की चटनी के साथ लेकर वे बैठ गए थे। पहले तो भूख ने मेरे ऊपर एक तेज झपट्टा मारा, मगर अम्माँ की ओर निगाह उठते ही लगा कि मेरा पेट आहिस्ता-आहिस्ता भरता जा रहा है।

---

1. छोटे आकार का टमाटर।

"उठ अम्माँ, तहूँ खा ले।"

बोलने के बाद मुझे पता चला कि मैंने सम्पतलाल वाली भाषा बोल दी है, क्योंकि अब्बा चीखने लगे थे।

"खूब घूमो गँवारों के साथ!"

फिर वे अम्माँ की ओर मुखातिब हुए थे :

"बिगाड़ो लड़के को! मैं तो अब कुछ नहीं बोलूँगा।"

उनका रूप उस समय मेरी कल्पना के उन 'बिलोचियों' जैसा था जिनका भय दिखाकर अम्माँ मेरे लटियाए बालों को कभी-कभी धोया करती थीं। यद्यपि मैं नहीं जानता था कि 'बिलोची' किसे कहते हैं; पर उन अदृश्य शैतानों से मैं डर जाया करता था। मैं अब्बा से भी डरने लगा और मुझे लगा कि अम्माँ यदि कुछ बोल पड़ीं तो अभी उनकी बीमार पीठ पर छड़ियाँ पड़ने लगेंगी। लेकिन वे चुप रहीं। मैं बैठकर खाने लगा।

सुबह बगैर किसी से पूछे ही साबुनलाल और शहीदन के साथ सीला बीनने के लिए निकल गया। गेहूँ की कटाई हो गई थी और खेतों में पड़ी हुई बालियों को बीनने के लिए भोर में ही लोग निकल जाते थे। किसान उन बालियों को शायद जानबूझकर छोड़ दिया करते थे कि गरीबों का काम भी चले...!

हम एक खेत में घुसकर लाइन से सीला बीनने में जुट गए। हालाँकि कटे हुए गेहूँ की खूँटियाँ रह-रहकर पाँवों में चुभ रही थीं, पर हम थे कि दौड़-दौड़कर बालियों से अपनी झोलियाँ भरे ले रहे थे। गेहूँ की रोटी खाए एक मुद्दत हो गई थी मुझे। बस, वही भुट्टे का पेज या कुदई का भात। आज इन बालियों को मीसकर मैं गेहूँ के दाने निकालूँगा और अम्माँ से कहूँगा कि पीसकर मेरे लिए रोटी बना दें। फिर मैं मीठी-मीठी रोटी गुड़ के साथ खाऊँगा...!

मैं इस कल्पना के चक्कर में पिछड़ गया और साबुनलाल के साथ शहीदन काफी आगे बढ़ गई। अब तक सूरज भी काफी तपने लगा था, अतः हम लौट पड़े।

अम्माँ की तबीयत अभी ठीक नहीं हुई थी और वे दिन-भर जमीन पर बिछी कथरी पर पड़ी रहती थीं। अब्बा डंडा लेकर इधर-उधर निकल जाते और शाम को आकर अपने दिन-भर का गुबार मेरे ऊपर उतारने लगते।

उस रोज जैसे ही वे गरजे, अम्माँ डर गईं। दरअसल अब्बा को भूख लगी थी और घर में खाना नहीं था। उनका रौद्र रूप देखकर अम्माँ शायद डर गईं। वे किसी तरह हिम्मत करके उठीं और घिसटते-घिसटते चूल्हे तक पहुँचीं। घड़े में थोड़ा-सा आटा पड़ा था। उन्होंने उसे निकाला और एक हाथ से धीरे-धीरे आटा गूँधने लगीं।

अब्बा चारपाई पर गिरकर पसर गए।

मैं बाहर निकल गया।

बाहर रात हो गई थी और घरों में दीये जल गए थे। खोरियों में लड़कों का हो-हल्ला शुरू हो गया था। आकाश पर तारों की चमक बढ़ गई थी। लेकिन मेरे भीतर न कोई चमक थी, न शोर। मैं नर्बदा के भर्रा में निरुद्देश्य-सा खड़ा था।

तभी जंगल की ओर से हीरा झींटियों का गट्ठर लेकर आया और अपने पिछवाड़े उसे पटककर मेरे सामने हाजिर हो गया।

''हिंया कइसे खड़े हस?''

उसने मेरी कलाई थाम ली।

मैं चुप रहा।

''चल, आज नाच देखै चलें! पोल्ला टोला माँ नाच है। हमती मामा जोकर बनी अउर बौरा जोकराइन। चलबे न?''

''तुम भी नाचोगे?''

मैंने उसकी आँखों में आँखें डालकर यह सवाल किया तो वह हँस पड़ा। बोला :

''तैं जोकर बनबे त मैं नाचहूँ, नहिं त नाँहीं!''

और मैं लजा गया। मैंने आँखें झुका लीं।

हीरा ने फिर बताया कि वह आज नहीं नाच सकेगा, क्योंकि आज पुराने लोगों का नाच है और पोल्ला टोलावाले उससे जलते भी हैं। क्योंकि उस टोले के एक जोकर के साथ जोकराइन बनने से उसने एक बार इनकार कर दिया था...।

''त चलबे न?''

उसने फिर मुझसे सवाल किया तो मैंने स्वीकार कर लिया।

हालाँकि यह लगभग असम्भव था कि मैं अब्बा की उपस्थिति में खुलेआम नाच देखने जाता। लेकिन चूँकि हमती मामा खुद जोकर बनेंगे और जोकराइन के पहनने के लिए अम्माँ की साड़ी जा रही थी, इसलिए चुपके से मैंने अम्माँ से इजाजत ले ली। उन्होंने डरते-डरते कह तो दिया कि जाओ, मगर इस हिदायत के साथ कि अब्बा के सो जाने पर जाओ और जल्दी ही चले आना; दरवाजा उढ़का रहेगा, धीरे से खोलकर सो जाना...।

मैंने पाजामे के ऊपर हाफ कमीज पहनी और एक छोटा-सा डंडा लेकर दबे पाँव बाहर निकल गया। खोरी में हीरा मेरा इन्तजार कर रहा था।

चाँद अभी नहीं निकला था। मार्ग में अँधेरा किसी काले अजगर की तरह पसरा हुआ था। बारियों के बेढ़े और आसपास खड़े कीकर के झाड़ रक्साओं (भूतों) की तरह भयानक लग रहे थे। लेकिन नाच देखने का ऐसा उत्साह था मन में कि कहाँ का डर और कहाँ का भय! हवा में बसन्त की मीठी-मीठी गन्ध भरी हुई थी। हम उस गन्ध का स्वाद लेते हुए टाकिनवाली घाटी सँभल-सँभलकर उतर रहे थे।

अचानक हीरा ने एक गाना शुरू कर दिया :

संचा ढारो रे सुनार
झँपली माँ गहना धरत रहे ना
दसइ के तोर बिंदिया अउर पाँचै क हवाल
बीस के तोर पीपर पान चमकै लिलार
संचा ढारो रे सुनार...

तभी, पगडंडी के किनारे उगे मोवा में से कोई साँप-जैसी चीज निकलकर भागी और गाना बन्द करके हीरा हुश्श-हुश्श कर उठा।

''एक ठे रीना सुनाव हीरा।''

मैंने हीरा से फरमाइश की तो वह पुनः जोश में आ गया। टाकिन में पानी बहुत कम था। जगह-जगह चट्टानें बिखरी हुई थीं। कहीं-कहीं घास उगी हुई थी। हमने उछल-कूदकर उस छोटी-सी नदी को पार किया और मोटो में पहुँचते ही हीरा का रीना शुरू हो गया :

सिफुलै तोर रुम्मक झुम्मक गेंदा फूलै कचनार सुआ हो
री रीना री हलो ना।

कोन खनावै ताल-तलइया कोन बँधावै ओखर धार
राम बनावैं ताल-तलइया लछ्मन बँधावैं ओखर धार
सुआ हो, री रीना री हलो ना।
कोस कोस में गाँव बसे है अस्सी कोस में चट्टी
चलत-चलत मोर पाँव पिरा गौ चाला हो गौ मट्टी
सुआ हो...

चाँद अब पहाड़ी के पार से झाँकने लगा था। तारों को अपनी औकात का पता चल गया था। जैसे मालिक की अनुपस्थिति में डीग-पटाँग हाँकने वाले नौकर मालिक के आते ही भीगी बिल्ली बन जाते हैं, कुछ उसी तरह वे भी कुम्हला गए थे। पहाड़ी की ओट में एक जो सूरजमुखी के फूल की तरह का गोला उग आया था, उसने नदी-नालों, खेतों-खलिहानों और वृक्षों-चट्टानों आदि सभी कुछ को अपनी प्रभा से मढ़ दिया था।

पोल्ला टोला में चिकारे की चेंचें और तबल डुग्गी की ढुम-ढुम दूर-दूर के लोगों को अपने करीब आने का निमंत्रण दे रही थी। घाटी पर से ही लालटेन की रोशनी दिखाई पड़ने लगी थी। टोले के मुखिया पोल्ला गोंड़ के आँगन में चार अदद बाँस गाड़कर ऊपर टाट का चँदोवा तान दिया गया था और उसके नीचे घेरा बनाकर वादकों का समाज खड़ा था। बरोठे की परछी में, आँगन में, खोरी में और सामनेवाली बारी तक में दर्शक बैठे हुए थे। हमती मामा उस वक्त चिकारा बजा रहे थे। बीच में हीरा-जैसा ही एक लड़का धोती-पोलका पहने चेहरे पर पाउडर लगाए फिरकिनी की तरह घूम-घूम कर नाच रहा था। हमती मामा तल्लीन होकर गा रहे थे :

हाय रीनी झीनी आ ना
चादर ला ओढ़ाय ले रीनी झीनी आ ना।
आठ बरन के चरखा बनि गै दसै बरन के पूनी रामा
दसै बरन के पूनी
नौ दस महिना बीनत लगि गै मूरख मैली कीनी
रीनी झीनी आ ना...
लंका ओढ़ै बंका ओढ़ै ओढ़ै सदल कसाई रामा
ओढ़ै सदल कसाई
धुर पहलाद बिभीसण ओढ़ै ओढ़ै मीराबाई
रीनी झीनी आ ना...

ना मैं आरी ना मैं भोरी पूत जनाजन हारी रामा
पूत जनाजन हारी
तिन-तिन लरिका गोद खेलाएवँ हौं मैं अभी कुवाँरी
रीनी झीनी आ ना...
चादर ला ओढ़ायले रीनी झीनी आ ना...

नचनिया हर टेक पर झुक-झुककर थिरकता। जनता तड़प उठती...।

मैं हीरा के साथ एक कोने में जाकर खड़ा हो गया।

गाना खत्म होते ही एक दूसरे आदमी ने हमती मामा से चिकारा ले लिया और वे कहीं चले गए। हीरा ने बताया कि वे जोकर बनने गए हैं। बौरा जोकराइन बनेगा आज। जोकर-जोकराइन की यह पुरानी जोड़ी बहुत दिनों के बाद 'समाज' में आई है।

और थोड़ी देर के बाद वाकई बौरा जोकराइन बनकर थिरकता हुआ एक ओर से निकला। धोती और पोलका पहने, कमर में करधन, बाँहों में बोंहटे, गले में हमेल—एकदम गोंड़ स्त्री की तरह! सिर पर नीचे एक गडुवा फिर उसके ऊपर एक बड़ा लोटा और फिर उसके भी ऊपर एक लुटिया, लुटिया में कीकर के पत्ते...!

अपने घुंघरू बँधे पाँवों से जमीन पर थाप देता हुआ बौरा धीरे-धीरे करके आँगन में आता है और फिर मोरनी की तरह थिरक उठता है। क्या मजाल कि सन्तुलन बिगड़ जाए!

और जैसे ही बौरा का नाच खत्म होता है, एक कोने से चूने और कोयले से रँगा हमती मामा का चेहरा झाँकता है। चेहरे से बोल फूटते हैं :

मोला देखत रहिबे
मोला देखत रहिबे...

बौरा यहाँ से थिरककर उसका उत्तर देता है।

यह क्रम थोड़ी देर तक चलता है और फिर अचानक हमती मामा कूदकर आँगन में आ जाते हैं। उनके हाथ में घुंघरुओं से सजी-बजी बाँस की एक छड़ी है, जिसे बड़ी अदा के साथ वे नचाते हैं और अपने बोल की पूर्ति करते हुए नाचने लगते हैं :

मोला देखत रहिबे नोनी (प्रिया) मोर
झिंझरी महल ले मोला देखत रहिबे...

फिर जोकर-जोकराइन मिलकर गाते हैं :

बिचिया बजार में बिकैला पेटी हो बिकैला पेटी
मोखा नहिं बोलै मामा तुमर बेटी ला चिन्हाय दे ना।
मछरी त मारे फँसावै पढ़िना
हाँ फँसावै पढ़िना
मोला ठगि ठगि राखै अढ़ाई महिना
हाँ चिन्हाय दे ना...
कागत त लिखे कलम नहिं आय
हाँ कलम नहिं आय
बोली मारो चिरइया हिम्मत नहिं आय
हाँ चिन्हाय दे ना...
कोलिया क आमा लगाय हारा
हाँ लगाय हारा
मामा फुआ क बेटी मँगाय हारा
सादी कर दे ना...

चाँद अब काफी ऊपर आ गया था और हवा में खुनकी भी बढ़ गई थी। कोने में खड़े-खड़े मेरी टाँगें दुखने लगी थीं। हीरा उस पूरे तमाशे को मजा ले-लेकर देख रहा था, लेकिन मेरे भीतर अब्बा का भय घुन की तरह भरा हुआ था, जो मेरे आनन्द को काटे डाल रहा था। हालाँकि हमती मामा को उस तरह जोकर बनकर नाचते हुए देखकर मेरे मन में भी यह इच्छा उत्पन्न हो रही थी कि काश! मैं भी इसी तरह जोकर बन पाता और हीरा धोती-पोलका पहनकर किसी पातरमुँही टूरी (पतले चेहरेवाली लड़की) की तरह मेरे साथ थिरक-थिरककर नाचता, लेकिन अगले क्षण ही मुझे अब्बा का खयाल आ गया और मैं काँपने लगा। दरअसल मुझे अब ठंड भी लग रही थी। मैंने हीरा को बड़ी मुश्किल से वापस लौटने के लिए तैयार किया और हम खोरी से बाहर निकल आए। बाहर कई-कई कुत्ते एक साथ भूँक रहे थे।

अप्रैल में ही मेरी परीक्षाएँ खत्म हो गई थीं और परिणाम भी सुना दिया गया था। उस रोज मैं नारियल का एक गोला और ऊदबत्ती का एक

पैकेट लेकर शाला गया था। परिणाम सुनते ही मैंने गुरुजी के हाथों में नारियल थमा दिया था जिसे टेबल पर ही उन्होंने फोड़ा था और थोड़ा-सा निकालकर शेष लौटा दिया था। मैंने ऊदबत्ती जलाई थी और नारियल के टुकड़े लड़कों में बाँटे थे। फिर दो महीने की छुट्टी सुना दी गई थी।

छुट्टी के दिन मेरे लिए बेहद कष्टकारक थे। सिवा ऊबने के और कोई काम घर में मेरे लिए नहीं था। अम्माँ सुबह-सुबह टोपरा उठाकर गँवई चली जातीं और अब्बा दिन-भर परछी में खर्राटे लेते रहते। ऐसी स्थिति में मैं समझ नहीं पाता था कि मुझे क्या करना चाहिए और या तो मैं पड़ोस के किसी घर में बैठकर धूल से खेला करता या नानी के यहाँ जाकर शहीदन और बेगम के साथ ऊटपटाँग बातें किया करता।

कभी-कभी मैं बहुत सबेरे ही किसी के साथ जंगल चला जाता और वहाँ किसी पेड़ के नीचे या सूखे हुए नाले के बीच झुरमुटों के नीचे चट्टान पर बैठकर इधर-उधर की बातें सोचा करता था। दरअसल मैं बहुत चाहता था कि अब्बा की तरह दोपहर में मैं भी कुछ सो लिया करूँ, पर मुझे नींद ही नहीं आती थी।

उन दिनों टोले में अगर डंगचढ़िया (नट) का तमाशा चला आता, या रात में किसी के घर पठारी[1] के गीत होने की सूचना मिल जाती तो मुझे लगता कि खुशी की एक पूरी नदी बह उठी है, जिसमें डुबकियाँ लगाने के लिए मैं बेचैन हो उठता था। लेकिन सामान्य दिनों में मैं बुरी तरह उदास और सहमा हुआ-सा बना रहता।

तभी एक दिन शहीदन ने कहा कि मैं उसके साथ पत्ती (तेंदू के पत्ते) तोड़ने चलूँ। और मैं गया भी। पर शीघ्र ही गर्मी से मेरा बुरा हाल हो गया और भूख तथा प्यास से मैं व्याकुल हो उठा। उस समय चार (चिरौंजी) के फल झड़ चुके थे और कोसुम के फल कच्चे थे। सारे-के-सारे नाले सूखे हुए थे। इसलिए प्यास बुझाने का कोई भी उपाय नहीं था। अतः हम घर लौट आए। आते ही मैं एक लोटा पानी गटक गया और मेरे पेट में इतने जोर से दर्द हो उठा कि मैं तड़पने लगा। इस प्रकार, उस दिन तो मैंने किसी तरह पत्तों की गड्डियाँ बनाईं और उन्हें लेकर जोगी टिकरियावाले स्टाक पर गया भी, पर दूसरे दिन से पत्ती तोड़ने जाने की हिम्मत नहीं पड़ी और अकेले की वजह

1. चारण किस्म की एक जाति।

से शहीदन भी रुक गई। किसी दूसरे के साथ नानी उसे जाने ही नहीं देती थीं और बेगम अभी काम करने लायक नहीं हुई थी।

तब साबुनलाल मुझे हर्रा बीनने ले गया। और हरे अंडे-जैसे उन फलों को देखकर मैं खिल उठा। पर मेरे द्वारा बीने गए सारे हर्रे साबुनलाल ने अपनी गठरी में बाँध लिये थे, और उधर से भी मेरा दिल टूट गया। अगले दिन से मैं फिर निरुद्देश्य घूमने लगा।

और अचानक ही मेरे भीतर कुछ गन्दी आदतों ने जन्म ले लिया। मेरे मामू के दोनों लड़के रफीक खाँ और हफीज खाँ जवान थे। वे अपने घर में बैठकर दोस्तों के साथ ताश खेला करते थे। पता नहीं, कब और कैसे मैं उनके साथ बैठने लगा! इस प्रकार पत्तों की प्रारम्भिक जानकारी मैंने पूरी कर ली और वे लोग जिस बक्से में ताश रखते थे, उसे भी मैंने देख लिया। जब वे लोग इधर-उधर चले जाते तब मैं वहाँ से ताश निकाल लाता और शहीदन तथा बेगम के साथ बैठकर खेलने का प्रयास करता। वैसे उनका कोई परिचय ताश से नहीं था और शहीदन तो नानी से डरती भी थी, पर अपने ज्ञान के बल पर मैंने उन्हें थोड़ी-बहुत शिक्षा दी और नानी से छुपकर अक्सर घर के पिछवाड़े छाया में हम उस तथाकथित गुनाह को सम्पन्न किया करते थे।

चूँकि शहीदन उम्र में मुझसे काफी बड़ी थी, इसलिए और मामलों में वह मुझसे अधिक जानती थी। अतएव कभी-कभी वह मुझे छेड़ा भी करती थी, जिससे धीरे-धीरे मेरे भीतर भी विचित्र प्रकार का तनाव उत्पन्न होने लगा था। अब तो ताश खेलते-खेलते मैं भी उसे यों ही छेड़ दिया करता। कभी-कभी बेगम को भी मैं छेड़ता तो वह खिलखिलाकर हँस देती थी।

इसके अतिरिक्त मैं बीड़ियाँ भी पीने लगा था। यद्यपि उन दिनों तमाखू खाना और बीड़ी पीना बाकायदा सीखा जाता था और कम उम्र की लड़कियाँ तथा लड़के इस कार्य के लिए अपना गुरु भी ठीक करते थे, पर मैंने ऐसा कुछ नहीं किया। एक बार रफीक भैया ने मुझे चूल्हे से बीड़ी सुलगाने के लिए कहा तो पी-पीकर मैंने बीड़ी सुलगाई और उसी दिन पहली बार मैंने बीड़ी पीना सीखा। उसके बाद अब्बा भी चूल्हे से बीड़ी सुलगाने के लिए जब कहते तो मैं दो-चार फूँक मारकर उन्हें दिया करता। इस प्रकार अम्माँ की डलिया से अब मैं गुड़ के अलावा बीड़ियाँ भी चुराने लगा था।

परन्तु मेरे इस कार्य का पता न अब्बा को था, न अम्माँ को, वरना सम्भव ही नहीं था कि उनकी जानकारी में मैं धड़ल्ले से बीड़ियाँ पीता और ताश खेलता। इस प्रकार उन व्यापारों में मैं निर्द्वंद्व भाव से रत था। फिर भी मैं भयमुक्त नहीं था। लेकिन इसके बावजूद मेरे भीतर एक अपूर्व साहस उत्पन्न हो गया था जिसकी वजह से अपनी उम्र के लड़कों में मैं शेर खाँ बना घूमता था और वास्तव में किसी ने मेरा नाम ही 'शेरू' रख दिया था।

एक दिन मैंने सम्पतलाल को बुरी तरह पीट दिया और उसकी नाक से खून बह आया। मेरी इस हरकत की शिकायत फौरन अब्बा के पास पहुँची।

"तोर शेरू येला अतना मारिस, अतना मारिस कि..."

और अब्बा उखड़ गए थे। उन्होंने पहली बार यह नाम सुना था, अतः पहले तो इस नए नामकरण के लिए सम्पतलाल के दादा को डाँट पिलाई उन्होंने, फिर मेरी ओर पलटे।

"क्यों बे, तू अब यही सब करेगा?"

और एक तमाचा मेरे गाल पर जड़ दिया उन्होंने। लेकिन मैं रोया नहीं। यद्यपि अम्माँ की अनुपस्थिति के कारण मुझे रुलाई तो आ रही थी, पर मैं दृढ़ बना रहा और खोरी में निकलकर सम्पतलाल को मैंने फिर पीटा और गाली दी।

"हरामी की औलाद, साले, तुम मुझे क्या समझते हो?"

मैंने उसकी गर्दन पकड़ ली और पीठ पर चार मुक्के जमा दिये। बाद में यह सोचकर मुझे आश्चर्य हुआ कि मैंने उसे गाली भी दी थी। शायद उस रोज पहली बार ही मेरे मुँह से गाली निकली थी। और मजे की बात यह कि बहुत दूर तक विचार करने के बाद भी मेरी समझ में नहीं आया कि मैंने सम्पतलाल को पीटा क्यों था, जब कि उसने मुझे छूला (टेसू) की जड़ भी खिलाई थी और वह साबुनलाल तथा हीरा का भाई भी था।

यद्यपि शिकायत करने पर मेरा कतई विश्वास नहीं था, पर उस दिन की घटना की शिकायत मैंने अम्माँ से कर दी और देर रात तक वे अब्बा तथा सम्पतलाल की दाई से लड़ती रहीं।

और उसके बाद साबुनलाल तथा हीरा से मेरा सम्पर्क टूट गया। मैं फिर अकेला हो गया।

आकाश पर चन्द्रमा धीरे-धीरे आगे बढ़ रहा था और हम आँगन में लेटे उसे देखते हुए नींद लगाने की कोशिश कर रहे थे। तभी बेरोक-टोक उमड़ती हुई नानी की गालियों ने हमें चौंका दिया और हम इस प्रकार दौड़ने लगे, जैसे गाँव में शेर घुस आया हो!

नानी अपने आँगन में चंडी की भाँति कमर पर हाथ रखे खड़ी थीं और शहीदन की ओर उँगली उठा-उठाकर उसे गधार[1] रही थीं।

"अरी कुलच्छनी, तोही येही दिन के लाने मैं पाले रहेंव, पतुरिया! छिनार..."

चिल्लाते-चिल्लाते उनके मुँह में फेचकुर आ गया था और वे हँडुवा के नीचे पिरभिटिया पर बैठकर रोने लगी थीं।

शहीदन परछी की दीवार से सटी उकड़ूँ बैठी थी और बिलकुल चुप थी। मैं उसी के पास खड़ा था और उसके शरीर को देख रहा था जिस पर कुरूपता और यौवन का कुछ ऐसा मिला-जुला रूप छाया हुआ था कि उसका अर्थ समझने में किसी को भी कठिनाई हो सकती थी। शहीदन के साँवले, फटे हुए और फूहड़ हाथ-पाँव चाँद की रोशनी में बहुत बुरे नहीं लग रहे थे। पर कानों में झूलती मैल-भरी बालियाँ और नाक में फँसी तिनके की लौंग कुछ खास अच्छी नहीं मालूम पड़ती थी। फिर भी उसके चेहरे पर एक प्रकार की चिकनाई चमक रही थी जिसे देखकर यह अनुमान करना कठिन था कि शहीदन पागल थी या झूठमूठ लोग उसे पागल कहते थे।

आँगन में बढ़ती हुई भीड़ को अब्बा ने डाँटकर भगा दिया था और नानी के पास बैठकर वस्तुस्थिति का पता लगाने की चेष्टा कर रहे थे। लेकिन नानी थीं कि बस रोए जा रही थीं और शहीदन को गरियाए जा रही थीं।

फिर भी हम लोगों को सारी बातें मालूम हो गईं। दरअसल शहीदन अब जवान हो गई थी और यदि लड़की जवान होने के साथ-साथ पागल अथवा मूर्ख भी हो तो फिर क्या कहना! सबके सो जाने के बाद रफीक भैया ने धीरे से शहीदन को अपने बिस्तर पर बुला लिया था। शहीदन जाने को तो चली गई लेकिन शायद थोड़ी देर बाद ही वह 'हट', 'हट' जैसी ध्वनियों का उच्चारण करने लगी और नानी जाग गईं। बस, उनका गाली-प्रोग्राम शुरू हो गया। नानी ने आहिस्ता-आहिस्ता यह सब अब्बा को बताया और फिर रोने लगीं।

---

1. गाली देना।

यद्यपि शहीदन बार–बार कहती रही कि 'मैं अपने से नहिं गए रहेंब नानी,' पर नानी ने उसकी बात पर कभी विश्वास नहीं किया था तो उस रोज कैसे कर लेतीं? उनका रोना और गालियाँ देना, दोनों ही क्रियाएँ समान रूप से जारी थीं।

"नानी को तुमने क्यों गुस्सा कर दिया?"

शहीदन के पास बैठकर मैंने पूछा तो वह धीरे–धीरे कुछ बोलने लगी :

"सच्ची शेरू! मैं अपने से नहिं गए रहेंब, व मोंहिं बोलाय रहिस..."

लेकिन मेरी हिम्मत नहीं पड़ रही थी कि मैं नानी को सही बात बताऊँ, अतः मैं रफीक भैया को खोजने लगा। यद्यपि मैं उनसे भी कुछ नहीं कह सकता था, पर यों ही सोच रहा था कि शायद कहीं से वे प्रकट होकर नानी से सही बात बतला दें। लेकिन उनका कहीं पता नहीं था।

"रफीक को बुलाओ तो जी!"

तभी अब्बा ने किसी जज की भाँति हुक्म दिया तो मेरी हालत और खराब हो गई। मैं बेवकूफों की तरह इधर–उधर ताकने लगा और अब्बा फिर नानी से बतियाने लगे।

सहसा शहीदन उठी और भीतर चली गई। उसकी इस हरकत को किसी ने गम्भीरतापूर्वक नहीं लिया, लेकिन मुझे लगा कि शीघ्र ही कोई मजेदार बात पैदा होगी। साथ ही मुझे इस बात की चिन्ता भी होने लगी कि इस वक्त मामू कहाँ गायब हो गए हैं? पर थोड़ी देर बाद ही मैंने देखा कि वे अपने बड़े बेटे के साथ शराब के नशे में चूर चले आ रहे थे। उन्हें उस दशा में देखकर अम्माँ तो वहाँ से खिसक गईं, पर अब्बा नानी के पास बैठे शहीदन के बारे में तब तक बतियाते रहे जब तक वे बिलकुल पास नहीं आ गए।

"खाना लाओ।"

आते ही उन्होंने नानी को हुक्म दिया और तनकर खड़े हो गए।

"ए हमीद! होश में आओ।"

अब्बा ने उन्हें डपटा तो मामू को शायद वाकई थोड़ा होश आ गया। वे पिरभिटिया पर बैठ गए।

"तुम्हारे बेटे ने क्या हरकत की है, तुम्हें मालूम है?"

अब्बा ने उनसे इस प्रकार पूछा मानो रफीक भैया ने किसी का कत्ल कर डाला हो! मामू ने इस प्रश्न को ध्यानपूर्वक सुना और आकाश की ओर आँखें

उठा दीं। मैंने सोचा, अब अब्बा पूरी घटना का सविस्तार वर्णन करेंगे, लेकिन अचानक ही ऐसा लगा मानो घर की पिछली दीवार धम्म से गिर गई। हम सब भीतर दौड़े गए, जहाँ हमने देखा कि दीवार तो सही-सलामत थी पर रफीक भैया शहीदन का सिर उससे टकरा रहे थे और उसके गालों पर चट्ट-चट्ट मार रहे थे :

"मैं तोही से बियाह करहूँ।"

शहीदन कह रही थी :

"मैं बैही से बियाह करहूँ?"

रफीक भैया चीख रहे थे।

शहीदन उनका हाफ पैंट पकड़कर झूल गई थी और वे शहीदन को पीट रहे थे।

"तोबा! तोबा!"

अब्बा ने इस दृश्य को देखकर अफसोस जाहिर किया और नानी से कहा कि रफीक को शहीदन से विवाह कर लेना चाहिए। लेकिन इस बात पर न नानी राजी हुईं, न मामू राजी हुए।

अपने को छुड़ाकर सहसा रफीक भैया बाहर आ गए। शहीदन ने बहुत कोशिश की उनका पीछा करने की, पर नानी तथा मामू ने मिलकर उसे पकड़ लिया।

शहीदन अब जोर-जोर से चिल्ला रही थी और अपने खुले हुए बालों तथा अस्त-व्यस्त वस्त्रों के कारण सचमुच पागल लग रही थी। उसका पागलपन उस ढिबरी की रोशनी में किसी बीमारी की भाँति पीला और निर्जीव लग रहा था, जिसे शायद शहीदन ने ही भीतर पहुँचकर जलाया था।

हम देर तक खड़े होकर उस दृश्य को अवाक् देखते रहे, फिर लौट आए। उस दृश्य को दुरुस्त करने की क्षमता न अब्बा के पास थी, न मेरे पास।

घर लौटकर जब मैं बिस्तर पर लेटा तो हमेशा की भाँति मुझे तुरन्त ही नींद नहीं आई। उस दिन देर तक मैं उन स्थितियों के बारे में विचार करता रहा जो अम्माँ और अब्बा, फुलझर और लोखरी तथा शहीदन और रफीक भैया के आस-पास चक्कर काट रही थीं। जिन्दगी के उन रहस्यमय चक्रवातों का अर्थ समझने की योग्यता यद्यपि उस समय मेरे पास नहीं थी पर अपने

नन्हे मस्तिष्क में मैं उन अर्थों के सिरे ढूँढ़ने की कोशिश कर रहा था, जो मुझे मिले या नहीं मिले, मैं कभी नहीं समझ सका।

गर्मी की वह एक मीठी सुबह थी। दूर कहीं से कोयल की कूक आ रही थी और लोग बारिश के लिए लकड़ियाँ इकट्ठी करने के उद्देश्य से अब तक कई बार जंगल आ-जा चुके थे। सूरज अभी नहीं निकला था और वातावरण में हल्की-हल्की नमी थी। सूरज चढ़ने से पहले ही गँवई पहुँच जाने के लिए अम्माँ वैसे तो प्रतिदिन बहुत पहले ही चल देती थीं, लेकिन उस रोज रात में ज्यादा देर तक जाग जाने के कारण उनकी नींद देर से खुली थी। शायद इसीलिए वे अलसाई हुई थीं और बजाय गँवई की तैयारी करने के वे पानदान लेकर परछी में बैठ गई थीं। अब्बा भोर में ही जंगल चले गए थे पर अभी लकड़ियाँ लेकर नहीं लौटे थे। और इस बात को लेकर बजाय चिन्तित होने के अम्माँ बड़बड़ा रही थीं।

तभी अचानक ही फुलझर को सामने देखकर हमें जैसे विश्वास ही नहीं हुआ। एक तो अब हम यह सोचते ही नहीं थे कि वह कभी यहाँ आएगी; दूसरे, उसके शरीर को देखकर फुलझर नाम की लड़की की पहचान जरा कठिनाई से ही सम्भव थी।

फुलझर अम्माँ के पास बैठ गई थी और उनका कुशल-क्षेम पूछने लगी थी। मैंने देखा, उसकी आवाज की खनक नहीं बदली थी और खिलखिलाहट भी पूर्ववत् थी।

बहुत देर तक वह अपनी ससुराल की बातें बताती रही। कभी पड़ोस की स्त्रियों की बातें तो कभी उन मर्दों की बातें जो उसके देवर लगते थे। और फिर अपनी सास की बातें, ननदों की बातें! बस, बातें-ही-बातें थीं उसके पास।

"अपने खसम की बात बता री!"

लेकिन अम्माँ ने उसे जब छेड़ना चाहा तब तो जैसे वह किसी गहरे गड्ढे में गिर पड़ी। यक-ब-यक वह रोने लगी और अपनी पीठ खोलकर चोट के निशान दिखाने लगी। मैंने भी दूर से देखा। उसकी पीठ पर डंडों के लाल निशान इस प्रकार लग रहे थे, जैसे किसी ढोर के जिस्म को गर्म सलाखों से दाग दिया गया हो और घाव पक गए हों!

"मोर सब गत बनाय डारिस व।"

फुलझर ने बहुत ही आर्द्र होकर कहा और फिर रोने लगी।

इसके बाद मैंने देखा कि अम्माँ भी रोने लगीं और रो-रोकर अपनी कहानी सुनाने लगीं। उन्होंने जी भरकर अब्बा की निन्दा की और उनका निकम्मापन सिद्ध करने के लिए अनेकानेक तर्क दिये। बातचीत के दरमियान उन्हें अपने वे आभूषण भी याद आ गए जिनकी संख्या उन्हें ठीक-ठीक याद नहीं थी, इसलिए उनके लिए वे 'सूपा भर गहना' का प्रयोग किया करती थीं और बताया करती थीं कि किस प्रकार अब्बा ने उन्हें ठगकर आभूषण बन्धक रख दिये और वे सब न छुड़ाए जाने के कारण डूब गए। उसी सन्दर्भ में उन्होंने यह भी बताया कि विवाह के वक्त वे बहुत छोटी थीं और वे अधेड़ हो चुके थे। अतः उनकी शादी जब भोका नामक युवक से तय की गई तो वे खुश हो उठी थीं, परन्तु इनके साथ तो इसलिए बाँध दिया गया कि लड़की 'राज' करेगी। और फिर उन्होंने एक लम्बी और ठंडी साँस ली, जिसकी आवाज बिलकुल साफ सुनाई पड़ी। कुछ बातें उन्होंने फुलझर के कान में भी कहीं, जिन्हें मैं नहीं सुन सका, पर अनुमान से ही मैंने समझ लिया कि वे बातें भी अब्बा से ही सम्बन्धित रही होंगी।

फिर दोनों ही चुप हो गईं और इस प्रकार हँसने-बोलने लगीं, जैसे उन्हें कोई दुःख ही न हो! उनकी बातों में अब लोखरी का जिक्र भी आया और मैंने देखा कि उसका नाम आते ही फुलझर के चेहरे पर एक विचित्र प्रकार की लालिमा आ गई। वह अब बेहद खिल उठी थी और बार-बार किरिया खा रही थी कि वह अब अपनी ससुराल कभी नहीं जाएगी।

उसी वक्त बाड़ी में लकड़ियों का गट्ठर पटकने की आवाज आई और अब्बा के आगमन का आभास होते ही उनका वार्तालाप बन्द हो गया। फुलझर खड़ी हो गई और फिर उदास नजर आने लगी। जब वह फरका से बाहर हो रही थी तो ऐसा लग रहा था कि अपनी ससुराल से मार खाकर जा रही हो!

आषाढ़ बीता, सावन भी गया, पर वर्षा नहीं हुई तो नहीं हुई। गाँव के कुछ नवयुवकों ने हम बच्चों को नंगा करके 'बरखा रानी पानी दे' वाला जुलूस भी निकाला, पर पानी ने बरसने का नाम नहीं लिया। चारों ओर

अकाल पड़ गया। भयानक भुखमरी। किसानों ने अनाज दबा लिये और बाजारों में चीजें महँगी हो गईं। जो चावल रुपए का चार सेर मिलता था, वह दो सेर मिलने लगा। घी चार रुपए सेर के बजाय दस रुपए सेर बिकने लगा। भुट्टा पहले एक रुपेए का एक कुरो मिल जाता था, अब मुश्किल से तीन बरिहा मिलता था। पहले तो एक सेर दूध चार आने में ही मिल जाता था, अब दूने पैसे देने पर भी दूध नहीं मिलता था। कहीं भी हरियाली नहीं थी, ढोर-डाँगर मर रहे थे और जो जिन्दा थे, उनके दूध देने का सवाल ही नहीं उठता था। नदी-नाले-झरने सब सूख गए थे। पीने के लिए लोग दूर-दूर से पानी लाते थे। स्त्रियाँ भोर में ही कई-कई घड़े लेकर निकल जातीं और एक के ऊपर एक दोहरी-तिहरी रखकर सबसे ऊपरवाले घड़े से पानी न छलके इसलिए उसमें छूला के पत्ते डालकर, जलती हुई धूल पर नंगे पाँव चलकर दिन चढ़े तक घर आती थीं।

यद्यपि चमड़ों की अब भरमार थी, पर पूँजी न होने के कारण अब्बा के लिए सब व्यर्थ था। अम्माँ का टोपरा भी सूना हो गया था। सारी चीजें उधारी में चली गई थीं और खाने के लिए घर में भूँजी भाँग भी नहीं थी।

अम्माँ थोड़े से भुट्टे कहीं से माँग लाई थीं जिन्हें उबाल-उबालकर कुछ दिनों तक काम चलाया गया। और उस रोज जब कुछ नहीं रह गया तो वे एकदम उबल पड़ीं।

"सब तुम्हारे कारन हो रहा है। तुम्हें लड़के की भी माया नहीं है...।"

"कमीनी, मैं क्या करूँ? मुझी को भूनकर खा डालो तुम लोग।"

"तुम कुछ नहीं कर सकते? सारी दुनिया काम कर रही है, तुम नहीं कर सकते?"

"कौन-सा काम करूँ हरामजादी, बताती क्यों नहीं—मर जाऊँ?"

"मर जाओ चाहे जियो, पर गाली-गलौज से बात मत करो!"

"नहीं तो तुम क्या करोगी? बोलो, बोल कमीनी?"

और अब्बा झपट पड़े अम्माँ पर। लेकिन उस दिन अम्माँ एकदम शेरनी की तरह खड़ी हो गईं और बाहर निकलकर उन्होंने भी एक पत्थर उठा लिया।

"तुम आगे बढ़े नहीं कि मैंने मारा नहीं। बुढ़ऊ, तुम्हारा कपार न फोड़ दूँ तो कहना, कोई पठान की बच्ची रही..."

अब्बा तो एकदम सकते में आ गए थे। वे निरुत्तर थे और मैंने देखा, वे चुपचाप बाहर चले जा रहे थे—उस निर्बल बदमाश की तरह, जो किसी सबल बदमाश से उलझकर लड़ाई से पहले ही पराजित हो गया हो!

अब्बा शाम को लौटे और मुझसे उन्होंने बताया कि एक काम उन्हें मिल गया है। अकाल-पीड़ितों की सहायता के लिए सरकार एक सड़क बनवा रही है जिसमें सबको काम मिल रहा है।

"कल से तुम भी चलो, तुम्हें भी रखवा दूँगा।"

उन्होंने मुझसे कहा तो वातावरण-परिवर्तन की कल्पना से मैं खिल उठा। अब्बा ने ये बातें इस तरह कहीं कि अम्माँ भी सुन लें। अम्माँ ने सुना भी, पर वे बोलीं कुछ नहीं।

फुलझर की दाई से कहकर अम्माँ ने उनका गेहूँ पीस दिया था, जिसके बदले में थोड़े से भुट्टे उन्हें फिर मिल गए थे। यद्यपि फुलझर ने इसका विरोध किया था कि अम्माँ उनका गेहूँ पीसें, पर आँखों में आँसू भरकर अम्माँ ने सारी स्थिति उसे समझा दी थी।

रात में फिर भुट्टे उबाले गए थे और नमक से उन्हें हम खा गए थे। सुबह के लिए यद्यपि कुछ नहीं था, पर अम्माँ को जब मालूम हुआ कि मैं भी काम पर जाऊँगा तब वे कहीं से कुटकी[1] की थोड़ी-सी कुदई माँग लाईं और पेज बना दिया। हम लोग पेज पीकर सड़क पर काम करने के लिए चले गए।

जंगल को काटती, नदी-नालों को लाँघती, जो कच्ची सड़क धमनगाँव से आ रही थी, वह अब हमारे गाँव के करीब पहुँच चुकी थी। दूर से ही लाल, सफेद और काले वर्णोंवाली उसकी सर्पाकृति आकर्षक प्रतीत हो रही थी। सड़क पर असंख्य स्त्री-पुरुष-बच्चे कार्यरत थे। उनकी तीन श्रेणियाँ थीं। बूढ़े लोग प्रायः मेठ थे और युवक बेलदार। स्त्रियाँ और बच्चे रेजा थे। अब्बा मेठ बनाए गए थे। मेरा नाम उन्होंने रेजा में लिखा दिया। मैंने देखा, वहाँ मामू, हफीज भैया, रफीक, शहीदन, फुलझर और लोखरी भी काम कर

1. बाजरे के रंग का एक महीन अन्न, जिसका चावल पोस्ते के दाने से कुछ ही बड़ा होता है।

रहे थे। रफीक भैया अपने साथियों के साथ मिट्टी खोद रहे थे और स्त्रियों की टोकरियाँ भर-भरकर उनके सिर पर उठा रहे थे। इस प्रक्रिया में वे लोग स्त्रियों से निहायत गन्दे मजाक भी कर रहे थे। पर आश्चर्य तो यह था कि स्त्रियाँ उनका बुरा नहीं मान रही थीं, बल्कि वे या तो खिलखिला रही थीं या हल्की-सी झिड़की देकर मुस्करा उठती थीं। तभी मैंने गौर किया कि वे भरपूर श्रृंगार भी किए हुए थीं। रमतिला के तेल से उनके जिस्म संगमूसा की भाँति चमक रहे थे जिन पर रंगीन धोतियों के कच्छे उन्हें गुड़ियों की तरह प्रदर्शित करने में पूर्ण सहयोग दे रहे थे। उनके अंगों पर आभूषण भी थे। ज्यादातर स्त्रियों के कानों में तरकियाँ और गले में हमेल ही थे, पर कुछ की बाँहों में बोंहटे और कमर में करधनियाँ भी थीं। पुरुष उनसे कम नहीं थे। वे उजली परदनियाँ पहने हुए थे और उनके बालों से तेल चू रहा था। वे बीड़ियाँ भी एक विशेष अदा के साथ पीते थे। कभी वे आकाश की ओर धुआँ छोड़ते तो कभी नाक से धुएँ के चक्र निकालते। इस प्रकार कुल मिलाकर वे श्रम करते हुए भी मस्ती के आलम में थे।

मुझे निकटस्थ पतेरा से पत्थर ढोने का काम दिया गया था। प्राय: सभी बच्चों को यही काम करना होता था। हम पतेरा के भीतर घुस जाते और छोटे-छोटे पत्थर सिर पर उठाकर सड़क के किनारे तक लाकर चट्टा (चौकोर ढेर) बनाते। वैसे इस कार्य में हमें यह आराम था कि एक बार पत्थर लाने में हम मनचाहा समय लगाया करते थे। अक्सर हम पतेरा में घुसकर किसी झाड़ी के नीचे बैठ जाते और खेलने लगते थे। हमारे साथ कुछ ऐसी भी लड़कियाँ थीं जो जवान हो रही थीं। अत: उनकी गन्दी हरकतें भी मुझे देखनी पड़तीं। एक दिन मैंने लोखरी और फुलझर को भी कुछ विचित्र हरकतों में मशगूल देखा। फुलझर एक पत्थर पर बैठी थी और लोखरी उसे गुदगुदा रहा था। वह भीतर-ही-भीतर कसमसा रही थी और रह-रहकर खिलखिला उठती थी। फिर अचानक लोखरी ने पता नहीं क्या किया कि फुलझर ने उसे दाँतों से काट लिया और झाड़ी में से किसी मादा खरगोश की भाँति निकल भागी...! मैंने दूर से ही वह दृश्य देखा और मेरे मन में उनके प्रति तीव्र घृणा भर गई।

हमारी मजदूरी हमें इतवार के दिन डिंडौरी में दी जाती थी। उस दिन की प्रतीक्षा हम बड़ी बेकरारी से किया करते थे और मजूरी पाकर बाजार में खरीदारी के लिए निकल जाते थे। लेकिन अब मैं अपने लिए व्यक्तिगत चीजें नहीं खरीद पाता था। क्योंकि हम दोनों की मजूरी से जो राशन खरीदा जाता था, वही हफ्ते-भर के लिए पर्याप्त नहीं होता था, ऐसी स्थिति में अपने लिए मैं तेलवाली जलेबियाँ भी नहीं खरीद सकता था। कभी-कभी गुड़गप्पा (मीठा सेव) जरूर ले लिया करता था। फिर भी मैं दुखी नहीं था। इसके विपरीत मुझे अपने ऊपर इस बात का गर्व ही था कि घर-गृहस्थी में मैं भी कुछ योग दे रहा हूँ।

सर्दी का मौसम आते ही दिन छोटे हो गए थे, अतः काम में स्वाभाविक रूप से कमी हो गई थी। यद्यपि धूप में झरबेरियाँ खा-खाकर काम करना बहुत भला लगता था, पर शाम से पहले ही ठंडी हवाएँ हमें त्रस्त करने लगतीं। और शाम को जब उछलते-कूदते, गीत अलापते हुए, घर लौटते वक्त सभी लोग मस्ती के आलम में होते, तब मैं अपने हाथों को छाती पर दबाए ठिठुरता हुआ अब्बा के पीछे खामोश चलता होता था। ऐसा लगता था, मानो मेरे भीतर का बचपना निःशेष हो गया हो! कभी-कभी मैं सोचा करता कि यदि खेतों में पैदावार हुई होती तो बजाय सड़क पर पत्थर ढोने के मैं खेतों से खरिहानी[1] वसूलता और बाकी समय में गेंद खेलता या खेतों में जब चने के पौधे तैयार हो जाते तो लड़कों-लड़कियों के साथ वहाँ जाकर चना-भाजी खाता। लेकिन अपने ही विचार से मैं पीड़ित होकर उदास हो जाता।

बसन्त आया तो थोड़ा-सा मेरा मन उत्साहित हुआ और काँस के फूलों से ढकी कसहा नदी को पार करके देवरा के डोल[2] में होनेवाला नाच देखने भी एक दिन मैं चला गया। परन्तु गर्मी आते ही मैं पुनः बुझ गया। वस्तुतः अब सड़क के काम में मेरा मन कतई नहीं लगता था, पर घर में बैठना तो और भी उबाऊ था। अतः सम्पूर्ण अनिच्छा के बाद भी सड़क पर अब्बा के साथ मेरा जाना जारी था।

---

1. नई फसल का अन्नोपहार, जिसे किसान एक कट्टा बीड़ी या तमाखू के एक पत्ते के बदले देता है, 2. श्रीकृष्ण का हिंडोला।

प्रतिदिन की अपेक्षा उस रोज गर्मी कुछ ज्यादा थी और जल्दी ही लू चलने लगी थी। हमारे नंगे पाँव भूभुर (जलती धूल) पर पड़ते तो हम चिहुँक-चिहुँक उठते। रह-रहकर हमारी जीभ सूख जाती और हम प्यास से व्याकुल हो उठते। कुछ तो इसीलिए मजदूरों में बेचैनी थी, पर एक वजह यह भी थी कि पिछले दिनों ठेकेदार साहब के कैम्प में कुछ रेजा लड़कियाँ किसी विशेष कार्य के लिए भेजी गई थीं, जिनके साथ वहाँ दुर्व्यवहार किया गया था। उस घटना के बाद मेठों और बेलदारों में एक विशेष किस्म की उत्तेजना थी, जिसके कारण उन दिनों ठीक से कार्य नहीं हो पा रहा था।

यद्यपि इस घटना का स्त्री वर्ग पर कोई विशेष प्रभाव नहीं पड़ा था और वे पूर्ववत् शृंगार करके काम पर आया करती थीं, पर शहीदन को लेकर मेरी चिन्ता बढ़ गई थी। दरअसल वह इतनी भोली थी—पागलपन की हद तक, कि खूब मन लगाकर मेहनत करती और पुरुषों के भद्दे-से-भद्दे मजाक पर भी प्रसन्न होती थी। वह यदि किसी से नफरत करती थी तो वे थे रफीक भैया। कभी-कभी वे शहीदन को छेड़ने की चेष्टा करते तो वह उन्हें बेशुमार गालियाँ देती और वहाँ से दूर चली जाती। घर पर भी अब वह उन्हें मुँह नहीं लगाती थी और अकेले सोने के बजाय अब वह नानी के साथ सोया करती थी।

पता नहीं क्यों, मेरे मन में शंका उठ रही थी कि कहीं शहीदन को भी तो नहीं भेजा गया था कैम्प में! लेकिन यह बात मैं शहीदन से पूछना नहीं चाहता था। हालाँकि मैं जानता था कि वहाँ जानेवाली लड़कियों में उन्हीं की संख्या ज्यादा थी जो काम करने में आलस्य बरतती थीं और हँसी-मजाक में ही अपना समय व्यतीत करती थीं, पर न जाने किस सहानुभूति के कारण अनायास ही शहीदन के प्रति मैं आशंकित हो रहा था।

आशंकित तो मैं फुलझर के प्रति भी था, पर लोखरी-जैसे बॉडीगार्ड के रहते उसके अलावा कोई दूसरा उसका कुछ नहीं बिगाड़ सकता, यह बात मैं अच्छी तरह जानता था। और सच तो यह है कि लोखरी के प्रति उसकी दिलचस्पी के कारण ही बेहद आकर्षण के बावजूद मैं फुलझर को अब उतना महत्त्व नहीं देता था।

इसलिए मैं खामोश था और लू के थपेड़ों को सहने की क्षमता बटोरने में लगा हुआ था। उस दिन काम करना मुझे कतई अच्छा नहीं लग रहा था और समय काटने के लिए मैं बार-बार पानी पीने के लिए उस नन्हे से झोंपड़े की

ओर जा रहा था, जिसके भीतर एक बड़े से कूँड़े में बहुत दूर की झिरिया से लाया गया पानी रखा था और जिसे एक पटेल काफी दूरी से, अँजुरी में उड़ेलकर पिला रहा था।

बस, एक चट्टा पूरा कर लो और इस छूले के पास तक मिट्टी फेंक लो, उसके बाद सबकी छुट्टी।

सहसा अब्बा ने एक वरिष्ठ मेठ की हैसियत से ऐलान किया और मजदूरों की सक्रियता दुगुनी हो गई। बेलदारों की कुदालियाँ तीव्र हो उठीं, स्त्रियों के टोकरे मचल उठे और हम बच्चे दौड़-दौड़कर पत्थर लाने लगे।

इस प्रकार उस रोज शाम से बहुत पहले ही छुट्टी हो गई। लोगों ने ऐसा अनुभव किया मानो कोई त्योहार आ गया हो! और फिर कुछ लोगों ने तय किया कि डिंडौरी चलकर 'मौत का कुआँ' देख आया जाए।

फुलझर ने शहीदन को भी अपने साथ में ले लिया। हमारे साथ लोखरी के अलावा कुछ और लोग भी थे, पर सिवा लोखरी के मुझे सब अच्छे लग रहे थे। रफीक भैया और अब्बा की अनुपस्थिति विशेषकर मुझे अच्छी लग रही थी।

नर्मदा का पानी प्रायः सूख गया था और इस ओर से उस ओर तक पत्थर-ही-पत्थर दिखाई पड़ रहे थे। हम लोगों ने उसे उछलते-कूदते पार किया और पक्की सड़क पर पहुँचकर तेज-तेज चलने लगे। लेकिन ज्योंही किसी मोटर का हॉर्न सुनाई पड़ता, दूर ही से फुलझर और शहीदन दौड़ती हुई पटरी पर और फिर पटरी को भी डाँककर खेतों में पहुँच जाती थीं। यहाँ तक कि वे साइकिल से भी डरती थीं और उसे देखते ही पटरी पर कूद जाती थीं।

'मौत का कुआँ' तहसील के पासवाले मैदान में था। वहाँ एक गड्ढा खोद दिया गया था जिसके भीतर अगल-बगल की दीवारों पर एक आदमी फटफटी (मोटर साइकिल) चलाता था। लोगों का कहना था कि अगर वह गड्ढे में गिर जाएगा तो निश्चित ही मर जाएगा। इसीलिए उस गड्ढे का नाम 'मौत का कुआँ' पड़ गया था।

वहाँ मेला-जैसा लगा हुआ था और झूले आदि भी आए हुए थे। बच्चों के विशेष आकर्षण के रूप में शीशम के दरख्तों पर झूलते चमगादड़ों के

अतिरिक्त रंगीन बरफ बेचनेवाले भी थे। स्त्रियाँ बिसातियों की दुकानों पर टूटी पड़ती थीं। लेकिन उस मेले में अम्माँ हमें किराने की एक दुकान में मिलीं, जहाँ वे एक हाथ में डोरियों से बँधी ढक्कन-रहित दो शीशियाँ तथा दूसरे हाथ में एक झोला लिये बैठी थीं। वे घर के लिए कुछ जरूरी चीजें खरीदने बाजार आई थीं। पर जिस दुकान से वे सौदा खरीदती थीं, वह चूँकि मेले में उठ आई थी, इसलिए वे यहीं चली आई थीं। उन्होंने मुझे इकन्नी थमा दी और हिसाब करने में व्यस्त हो गईं।

तभी दो युवक वहाँ आए और संकेत से उन्होंने शहीदन को बुला लिया। यद्यपि उन युवकों को मैंने किसी शादी में देखा था, पर न मुझे यह मालूम था कि किसकी शादी में मैंने उन्हें देखा था, न ही मैं उनका नाम जानता था। फिर भी मैंने उनसे कोई बात नहीं की और फुलझर के साथ झूले की ओर बढ़ गया।

लेकिन शाम को जब हम लौटने लगे तो शहीदन हमारे साथ नहीं थी। अम्माँ और फुलझर को मैंने ही उसकी याद दिलाई और वे घबराकर पुनः मेले की ओर लौट पड़ीं। पर बहुत परिश्रम के बाद भी उसका कोई पता नहीं चला और देर रात गए जब हम घर लौटे तो हमने देखा कि अब्बा और नानी नर्बदा काका की बाड़ी में खड़े हमारी प्रतीक्षा कर रहे थे।

और अम्माँ ने जब रहस्यमय ढंग से शहीदन के गायब हो जाने की बात कही तो नानी दहाड़ मारकर रोने लगीं। लेकिन थोड़ी ही देर बाद वे चुप हो गईं और अम्माँ पर आरोप लगाने लगीं कि उन्होंने ही रुपया लेकर शहीदन को गायब कराया है।

इस बात पर अम्माँ को क्रोध आ गया और क्षण-भर में ही माँ-बेटी में जमकर युद्ध होने लगा। फिर अचानक अम्माँ रोने लगीं। और चूँकि पूरे युद्ध में अब्बा तटस्थ बने रहे, इसलिए वे अब्बा को भी अंट-शंट बकने लगीं। इस पर अब्बा उखड़ गए और जिस तरह अम्माँ की चोटी पकड़कर उन्हें मारते हुए वे घर ले आए, वह दृश्य निश्चय ही बेहद घिनौना और अमानवीय था।

फिर बहुत देर तक अब्बा और अम्माँ में लड़ाई चलती रही और दूसरे दिन अब्बा बगैर कुछ खाए ही काम पर चले गए। उस रोज वे मुझे भी साथ नहीं ले गए।

उनके जाने के बाद अम्माँ भी गँवई चली गईं और दिन-भर मैं शहीदन को याद कर-करके हुड़कता रहा। मारे क्षोभ के मैं नानी के पास भी नहीं गया, और न ही साबुनलाल के साथ खेलने के लिए।

शाम को जब अम्माँ-अब्बा लौटे तो पता नहीं कैसे उनके बीच एक पारस्परिक बहस फिर छिड़ उठी।

"क्या बक-बक लगा रखी है तूने, अब तो मैं बैठा नहीं हूँ?"

"यह तो मैं नहीं कह रही हूँ कि तुम बैठे हो!"

"तब क्या भुनभुना रही हो?"

"मैं अपनी तकदीर को कोस रही हूँ, और क्या?"

"हाँ, अब काहे नहीं कोसेगी! जब घी के कनस्तर घर में आते थे तब तकदीर नहीं देखी जाती थी?"

"अच्छा बाबा, चुप रहो, मैं झगड़ा नहीं चाहती!"

"चुप की बच्ची, तू क्या समझती है अपने-आपको?"

अब्बा डंडा लेकर खड़े हो गए थे और शायद डरकर अम्माँ बाहर चली गई थीं।

अचानक आकाश से कुछ बूँदें गिरी थीं और लोगों के मन में आशा बँध गई थी कि कम-से-कम भुट्टा तो जरूर हो जाएगा। थोड़ी-सी वर्षा से ही बाड़ी में भुट्टों के पौधे लहराने लगे थे और नाले में पीने के लिए पानी भी कुछ हो गया था।

वर्षा हो जाने से अम्माँ के कार्य में पुनः सक्रियता आ गई थी और अब्बा फिर दिन-भर परछी में सोने लगे थे। शहीदन के मामले में सुपरवाइजर से कुछ कहा-सुनी हो जाने के कारण उन्होंने सड़क का काम छोड़ दिया था।

उस दिन अम्माँ की तबीयत ठीक नहीं थी, अतः झिरिया से पानी लेने अब्बा गए थे। उस दिन पहली बार मैंने उन्हें काँवर लेकर चलते देखा था। बाड़ी को पार कर जब वे धवा के वृक्षों से भरी घाटी उतर रहे थे तब पीछे से ऐसे लग रहे थे, जैसे कोई बूढ़ा खरगोश पीठ पर बोझ लादे झाड़ियों में अपना आश्रय खोज रहा हो!

उनके जाते ही लोखरी आया था। टाँगों तक सफेद झक पंरदनी, बंडी और चमरौधा जूता पहने। देखने में वह निश्चय ही आकर्षक था, पर मुझे

कतई अच्छा नहीं लगता था। पता नहीं क्यों, उसे देखते ही मुझे लगता था कि यह आदमी फुलझर को बरबाद कर रहा है।

लोखरी परछी में बैठ गया था और अम्माँ भी उसके पास जाकर बैठ गई थीं। वे उसके लिए पान लगाने लगी थीं और बातें शुरू हो गई थीं। उनकी बातों से मुझे लगा कि वहाँ फुलझर की ही चर्चा हो रही थी। दरअसल फुलझर ने भी सड़क का काम छोड़ दिया था, इसलिए लोखरी बार-बार फुलझर को उसके पति द्वारा पीटे जाने की भर्त्सना कर रहा था और उत्तेजित हो रहा था। उसने यह भी कहा कि फुलझर के दादा को उस पर शक हो गया है इसलिए वह वहाँ नहीं जाना चाहता। लेकिन उससे मिलने के लिए उसने तीव्र उत्सुकता प्रकट की और अम्माँ ने वादा किया कि एक-दो दिन में वे इसकी व्यवस्था करा देंगी। उन्होंने यहाँ तक कहा कि अगर वह रात में यहाँ आ सके तो फुलझर को वे बुलवा लेंगी। लेकिन उन्होंने यह भी कहा कि 'बुढ़वा' के कारण यह सम्भव नहीं हो पाएगा। इससे अच्छा, कल वह घाटी के नीचे भड़गा (खोह) में उससे मिल ले, वे भेज देंगी फुलझर को वहाँ!

विशेषकर अब्बा के प्रति लोखरी के सामने अम्माँ के द्वारा प्रयुक्त सम्बोधन को सुनकर मुझे बेहद बुरा लगा और किसी न किसी प्रकार मैं लोखरी का अहित चाहने लगा। परन्तु मैं जानता था कि मेरे वश में कुछ नहीं है। अत: मैं जोर-जोर से चीखने लगा और खाना माँगने लगा।

तभी कन्धों पर भारी काँवर लादे अब्बा आ गए और आते ही वे अम्माँ पर बरस पड़े।

''काम करने के लिए बीमारी का बहाना और पान खाकर चौढ़ने के लिए तन्दुरुस्ती आ गई है! लाट साहब आए हैं न, खिला दो पान-वान...''

इतना सुनना था कि लोखरी तो चुपचाप उठकर बाहर चला गया, पर अम्माँ जरूरत से ज्यादा तेज आवाज में चीखने लगीं। वे बार-बार कहे जा रही थीं कि मुझे कहा तो कहा, पर एक बाहरी आदमी की बेइज्जती क्यों की? और इस बात पर अब्बा पहले से भी अधिक चीख उठे। इस प्रकार बहुत देर तक मेरे सामने गृहयुद्ध होता रहा और उस विषाक्त वातावरण में खामोश बैठा मैं अपने परिवार को खँडहर होता देखता रहा।

'सारी लड़ाई की जड़ है पैसा। घर में खाने को नहीं है इसलिए झगड़ा हो रहा है। न अब्बा कुछ कर पा रहे हैं, न अम्माँ।' उन दिनों मैं बस यही सोचा करता था। सड़क का काम खत्म हो गया था और इलाके के सारे लोग बेकार हो गए थे। आकाश से जो बूँदें गिरी थीं, वे खेती के लिए पर्याप्त नहीं थीं। बादल फिर किसी दूसरे देश में भाग गए थे। सूरज का चेहरा तमतमाने लगा था।

मैंने सोचा कि मुझे कुछ करना चाहिए।

उन दिनों रफीक भैया ने एक नया काम शुरू किया था। वे जंगल-जंगल घूमकर पशुओं की हड्डियाँ एकत्र करते और उन्हें अब्बा के हाथों बेच दिया करते। अब्बा उन्हें खाले टोला में चौधरी की देख-रेख में एकत्र किए जा रहे थे। जब डग्गा भर माल हो जाएगा तो वे उसे जबलपुर या मंडला ले जाकर बेच देंगे। एक रोज रफीक भैया ने मुझसे कहा कि क्यों न मैं भी हड्डियाँ बीनने चलूँ? मैं तैयार हो गया।

दूसरे दिन सुबह-सवेरे जब मैं कुल्ला-मुखारी करके नदिया से लौटा तो मैंने देखा कि अब्बा एक फटी हुई पिछौरी ओढ़े परछी में बैठे थे और आकाश पर तेजी के साथ चढ़ते जा रहे सूरज को देख रहे थे। उन्होंने एक बीड़ी भी सुलगा रखी थी जिसका धुआँ छानी की दरारों में घुसा जा रहा था। अम्माँ भीतर पेज बना रही थीं।

"तो मैं जाऊँ ?"

चूल्हे के पास पहुँचकर मैंने अम्माँ से यह सवाल किया तो वे चौंकीं। उन्हें मैं रात में ही बता चुका था कि कल सुबह रफीक भैया के साथ मैं भी हड्डियाँ बीनने जाऊँगा।

उन्होंने ठंडी साँस ली। मैंने उनकी फट चली धोती को देखा और आज्ञा की प्रतीक्षा में खड़ा रहा।

"पेज पी लो तो जाओ!"

उन्होंने डउवा[1] से पेज को चलाते हुए कहा और मैं चूल्हे के पास ही जमीन पर बैठ गया।

ठीक उसी वक्त दीवार के किनारे रखे घड़ों की दरार में से एक चूहा निकला और फुदकता हुआ बक्से की ओर भाग गया। मैंने चिमटा उठाकर उसे मारने की कोशिश की, पर चिमटा उससे छू भी नहीं गया।

1. लकड़ी का करछुल।

अम्माँ ने जब थाली में पेज निकालकर मेरे आगे सरकाई तो उसमें से उड़ती हुई भाप के साथ-साथ मेरी नजर छान्ही की ओर चली गई। मैंने देखा कि पूरा ठाठ रौं से काला पड़ गया है और उसमें लगी लकड़ियाँ सड़ गई हैं। इस साल ठाठ पलटाना जरूरी है, मैंने सोचा और थाली उठाकर फूँक-फूँक- कर पेज पीने लगा।

इस बीच अम्माँ अब्बा के लिए पेज दे आईं। मुझे लगा कि अम्माँ की शक्ल देखते ही अब्बा उबल पड़ेंगे, पर ऐसा नहीं हुआ। भूख ही शायद ऐसी चीज है, जो शेर को भी बिल्ली बना देती है।

मैं बनियाइन और जाँघिया पहनकर तैयार हो गया। जिधर कभी बकरी बँधा करती थी, उस कोने में टायरवाली मेरी पुरानी चप्पलें पड़ी थीं। हालाँकि उनके बन्द सही-सलामत नहीं थे, पर उन्हें मैंने झाड़-झूड़कर साफ किया और पैरों में डालकर खड़ा हो गया। उसी कोने में पुराने लत्तों से बना हुआ मेरा वह गुड्डा भी पड़ा था जिसका ब्याह मैं कई-कई बार शहीदन की गुड़िया से कर चुका था। उसे देखते ही मुझे अपने खेल की याद आई, पर उसे मैंने तेजी के साथ अपने दिमाग से झटक दिया और अब्बा से नजर बचाकर बाहर निकल गया।

रफीक भैया अपने हँडुवा (एक वृक्ष) के नीचे खड़े बीड़ी पी रहे थे। उन्होंने हाफ पैंट पहन रखी थी और एक गन्दी-सी कमीज। पाँव उनके नंगे थे और कन्धे पर कुल्हाड़ी रखी हुई थी। वे बताते थे, कभी-कभी हड्डियों का पूरा ढाँचा ही मिल जाता है।

"चल!"

रफीक भैया ने बुझी हुई बीड़ी की अद्धी अपने कान में खोंसी और चल पड़े। मैं भी पीछे-पीछे चल पड़ा।

लाल और सफेद चमकीले पत्थरों से भरे लम्बे-चौड़े मैदान को पार करके शीघ्र ही हम उस घाटी में पहुँच गए जहाँ लोग अपने मुर्दा पशुओं को फेंका करते थे। घाटी में ढेर सारे जंगली फूल खिले हुए थे और मेरा मन अभी उनमें रमने ही वाला था कि वहीं एक बड़ी-सी हड्डी मुझे दिखाई पड़ गई और दौड़कर मैंने उसे उठा लिया। उस वक्त मुझे लगा कि जैसे मैंने जमीन पर पड़ा एक रुपए का सिक्का ही पा लिया है! मटमैले रंग की उस हड्डी ने वाकई मुझे खुश कर दिया था।

थोड़ा और आगे बढ़ने पर रफीक भैया को एक साथ कई हड्डियाँ मिल गईं और मुझे लगा कि अब मैं घाटे में हूँ। लेकिन तभी मुझे पूरा एक पोंगर (टाँग की हड्डी) ही मिल गया और मैं फिर खिल उठा। वह पोंगर बहुत सफेद और चिकना था। इसे तो खेल के इस्तेमाल में भी लाया जा सकता है, क्षण-भर के लिए मैं सोच गया। लेकिन तुरन्त ही मुझे सही स्थिति का भान हुआ कि ये हड्डियाँ खेलने के लिए नहीं, बल्कि बेचने के लिए हैं।

इन हड्डियों का लोग क्या करते होंगे?

ठीक उसी क्षण मेरे मन में यह सवाल उठा और मैंने रफीक भैया के सामने अपनी जिज्ञासा प्रकट कर दी।

"तैं नहिं जानस?"

उन्होंने कान में खुँसी बीड़ी की अद्धी निकालकर सुलगाई और बोले :

"एखर खाद बनथै।"

"खाद का क्या होता?"

"गुहूँ माँ पड़थै।"

हूँ! हड्डियों की खाद बनती है और पैदावार बढ़ाने के लिए खाद को गेहूँ के खेतों में डाला जाता है, पर हमारे पास तो खेत हैं ही नहीं...?

मेरा मन बुझ गया।

मैंने घाटी में चलते-चलते सपना देखा कि बड़ा होकर मैं खूब काम करूँगा और काम करने से जो पैसा मिलेगा, उससे खेत खरीदूँगा। खेत में गेहूँ बोऊँगा...।

और अचानक एक झाड़ी की आड़ में मुझे किसी बैल का पूरा ढाँचा ही दिखाई पड़ गया। मैं खिल उठा। मैंने रफीक भैया को भी वह ढाँचा दिखाया और वे कुल्हाड़ी लेकर उस पर टूट पड़े।

अब तक दोपहर ढल चुकी थी और मुझे भूख लग गई थी। दो-तीन बार पेशाब करने में ही सारा पेज पच गया था। फिर डाँव-डाँव घूमने से थकान भी काफी हो गई थी। इसलिए मेरी हिम्मत अब जवाब दे गई थी। मैंने रफीक भैया से कहा कि अब लौट चलें और वे तैयार हो गए। उन्होंने बोरे में हड्डियाँ भरीं और मेरी पीठ पर बोरा रख दिया। लेकिन मैं दो कदम भी बोरा लेकर नहीं चल सका। तब रफीक भैया ने स्वयं बोरा उठा लिया और चल पड़े।

हम लोग सीधे खाले टोला पहुँचे। वहाँ टाकिन के किनारे एक टीले पर हड्डियों का ढेर गँजा था और पास में ही चौधरी के घर से आई चारपाई पर

बैठे अब्बा किसी चमार के द्वारा लाई गई हड्डियाँ तौलवा रहे थे। पीतल का बना हुआ एक पुराने ढंग का काँटा था, जिसे बोरे में फँसाकर दो आदमी काँटे को उठाते और फिर काँटा जितना वजन बताता, उसी के हिसाब से हड्डियाँ लानेवाले को दाम दे दिया जाता था। रेट था आठ रुपए मन। उस काँटे के हिसाब से एक मन में चालीस नहीं, पचास सेर होते थे।

रफीक भैया के साथ मुझे देखकर अब्बा चौंके। उन्हें अब तक शायद यह नहीं मालूम था कि मैं भी हड्डियाँ बीनने-जैसा घृणित काम करके आया हूँ। लेकिन उस वक्त मेरे चेहरे की जो हालत थी, वही शायद मेरी पोल खोले दे रही थी। अब्बा दुखी हो उठे थे।

हमारा बोरा तौला गया और हड्डियों की कुल कीमत तीन रुपए दस आने अब्बा ने रफीक भैया को थमा दिये थे।

तब रफीक भैया ने अब्बा को बताया कि मैं भी उनके साथ इस काम में लगा रहा हूँ और इन पैसों में मेरा भी हिस्सा है...अब्बा ने इस बात को न सुनने के अन्दाज में ही सुना था और मेरी ओर से आँखें फेरकर वे हड्डियों के ढेर की ओर देखने लगे थे। उन्होंने रफीक भैया से कहा था कि तुम खुद जितना चाहो, इसमें से इसे दे दो।

मैं अपने ही बाप के सामने एक मजूर के रूप में खड़ा था...यह मेरे अब्बा का दोष था या मेरा, मैं समझ नहीं सका। शायद अब्बा भी इस चीज को समझ नहीं पा रहे थे। आश्चर्य तो मुझे इस बात का हुआ कि वे मुझ पर नाराज नहीं हुए। यथार्थ शायद बहुत ज्यादा कठोर हो गया था...।

टीले से नीचे उतरते हुए रफीक भैया ने मुझसे कहा :

"अच्छै भै कि मोर टँगिया रहिस, नहिं त कतना हाड़ा छाँड़ै क परत...तोर कतना मेहनतै लगिस? मैं न होतौं त अतना हाड़ा तैं कइसे पाते...?"

और जेब से एक दुअन्नी निकालकर उन्होंने मुझे थमा दी।

यानी सिर्फ एक दुअन्नी-भर का काम मैंने किया था...।

मेरी पिंडलियाँ सुन्न हो गईं, पेट में तेजी के साथ हुडुर-हुडुर होने लगा और आँखों के आगे हर चीज घूमती हुई-सी दिखाई देने लगी...।

दुऔलिया[1] चूल्हे के पीछे दाल चढ़ी थी और आगे की ओर मिट्टी के पतीले पर पैना[2] के भीतर कुदई भपा रही थी। दाल चलाने के बाद डउवा को चूल्हे की दीवार से टिकाकर जैसे ही अम्माँ पैना फेरने[3] के लिए तैयार हुईं, फरका खुलने की आवाज आई और क्षण-भर बाद ही अब्बा ने भीतर प्रवेश किया। डिंडौरी से वे खबर लेकर आए थे कि मुहर्रम का चाँद हो गया है। यह खबर सुनते ही बजाय दुखी होने के—क्योंकि मुहर्रम का पर्व गम का होता है—मैं प्रसन्न हो उठा और रफीक भैया के पास दौड़ता हुआ पहुँच गया। दरअसल पिछले साल रफीक भैया ने कहा था कि अगले साल मुहर्रम में तुम्हारे ऊपर भी सवारी चढ़ाई जाएगी। चाँद होने का समाचार उन तक पहुँचाने का मुख्य कारण यही था।

सचाई यह थी कि मुझे अपने ऊपर सवारी चढ़वाने का बेहद शौक था। और यह शौक इसलिए मेरे मन में पैदा हुआ था कि रफीक भैया को जब सवारी चढ़ती थी तो उन्हें दूध का प्याला पीने के लिए दिया जाता था और डिंडौरी जाकर सतँई को जब वे नेजा लेकर अलाव में कूदते थे तो उनके पाँव बिलकुल नहीं जलते थे।

अब्बा यद्यपि ताजियादारी और सवारी आदि के कट्टर विरोधी थे, लेकिन रफीक भैया पर वे ही सवारी चढ़ाया करते थे। पहली तारीख की शाम को रफीक भैया साफ वस्त्र पहनते और सिर पर रूमाल बाँधकर सामने लोबान जलाकर खड़े हो जाते। हफीज भैया तथा टीले के अन्य लोगों के साथ मैं उन्हें घेरकर खड़ा हो जाता। तब अब्बा नौहा पढ़ते और जैसे ही वे 'या अली' कहते, हम लोग 'याली-याली' चीखने लगते। थोड़ी देर बाद रफीक भैया की पिंडलियाँ काँपने लगतीं और उन पर सवारी चढ़ जाती। तब अब्बा पूछते, 'तुम कौन हो?' और वे बड़ी अदा से कहते, 'मैं हैदरे कर्रार हूँ।' फिर वे टोले की तमाम बाँझ स्त्रियों के सिरों पर हाथ रखकर उन्हें पुत्रवती बनाने का दावा करते और अन्त में अब्बा के द्वारा 'ठंडे हो जाओ' कहने पर पेट के बल लेटकर ठंडे हो जाते।

उस दिन शाम को चूँकि मुझ पर सवारी चढ़ानी थी, इसलिए अब्बा को सूचना नहीं दी गई और हिन्दी की एक किताब से रफीक भैया स्वयं नौहा

1. दो मुँहोंवाला, 2. बीच में छेदवाला तसलानुमा मृत्तिका-पात्र, 3. पैना (एक स्थानीय पात्र) के छेद से नीचेवाले बर्तन में दाना गिराने की प्रक्रिया, जिसमें पानी खौलता रहता है।

पढ़ने लगे। उस दिन उनकी जगह सिर पर रूमाल बाँधे मैं खड़ा हुआ और मुझे घेरकर हफीज भैया तथा टोले के कई लड़के खड़े हो गए।

सवारी-ववारी तो खैर मुझे नहीं चढ़ी, पर जब मैंने देखा कि रफीक भैया को नौहा पढ़ते काफी देर हो गई तो बगैर 'याली-याली' वाला मातम शुरू हुए ही मैं अपनी पिंडलियों को कँपाने लगा। मुझे ऐसा करते देखकर लोग मातम करने लगे और मैं 'सवारी' का नाटक करने लगा। तब तक किसी ने अब्बा को खबर कर दी और वे दौड़े हुए आए। उन्हें देखते ही मैं अपने-आप ठंडा होने लगा। और उन्होंने जब ठंडा होने का आदेश दिया तब तो मैं जल्दी से पेट के बल लेट गया और बगैर यह सोचे ठंडा हो गया कि मैंने 'प्याला' तो माँगा ही नहीं और न ही अपना नाम बताने का अवसर मुझे मिला, जबकि मैं अपना नाम 'खूनी नाल' बताना चाहता था। क्योंकि रफीक भैया स्वप्न में एक बार मुझे यह नाम बता चुके थे।

खैर, उसके बाद रफीक भैया को सवारी चढ़ाई गई और पता नहीं क्या सोचकर उन्होंने अपने 'प्याले' में से थोड़ा-सा दूध मुझे भी पिला दिया।

बेगम के सहयोग से एक नकली-सा ताजिया मैंने स्वयं बना रखा था, पर नवीं के रोज ताजिया देखने डिंडौरी चलने के लिए मैं जिद्दिया गया। वैसे मैं जानता था कि ताजिया देखना अब्बा की दृष्टि में हराम था, पर मैं यह भी जानता था कि बगैर चौक पर मलीदा चढ़ाए अम्माँ मानेंगी ही नहीं। इसलिए कुल मिलाकर मेरी जिद सार्थक हुई और झीनी-झीनी फुहार में भीगते हुए हम डिंडौरी के लिए चल पड़े।

लेकिन तीव्र वर्षा के कारण मैं रात में ताजिया नहीं देख सका। दूसरे दिन जब मैं बाजार में निकला तो सबसे पहले उस ओर गया जहाँ गरीबों को पुलाव बाँटा जा रहा था। चूँकि मेरे साथ अब्बा नहीं थे और पुलाव की गन्ध से मेरे मुँह में पानी आ रहा था, इसलिए मैं भी उस भीड़ में शामिल हो गया, जिसमें मेरे-जैसे अनेक बच्चों के अतिरिक्त जवान और बूढ़े भी कटोरे लिये हुए धक्का-मुक्की कर रहे थे।

उसी भीड़ में मैंने शहीदन-जैसी एक लड़की को भी देखा। वह अपने एक हाथ से अपनी रक्षा करती हुई और दूसरे हाथ में कटोरा थामे पुलाव बाँटनेवाले पर टूटी पड़ रही थी। एक नजर में मुझे विश्वास नहीं हुआ कि वह शहीदन ही है। पर वह शहीदन ही थी। पहचान के सारे लक्षण भूले जा सकते

थे, पर उसके चेहरे की चिकनाहट मौलिक थी, जिसे भूख की विभीषिका ने भी नहीं बदला था।

"शहीदन?"

मैंने भीड़ में ही उसे पुकारा।

उसने मेरी ओर देखा और बाहर आ गई।

"देख, कोऊ से न कइहे। मोंही व लोग भगाय दइन्हें!"

इतना कहकर वह भीड़ में गायब हो गई थी।

मैं पुलाव लेना भूल गया था। देर तक यों ही मैं खड़ा रहा और अपने छोटे-से मस्तिष्क में जीवन के सत्य के बारे में सोचता रहा। सोचता रहा कि यहाँ शहीदन-जैसी कितनी ही लड़कियों का अपहरण होता है और उनका सत्त्व चख लेने के बाद उन्हें भिखारियों की पंक्ति में भेज दिया जाता है।

फिर धीरे-धीरे मैं उस घर की ओर चल पड़ा जहाँ हम लोग ठहरे थे। जब भी हम डिंडौरी आते थे, अपनी खाला के यहाँ ही ठहरते थे, हालाँकि अब्बा इस बात को पसन्द नहीं करते थे। क्योंकि खाला गोश्त की दुकान करती थीं और बकरों को किसी से जिबह कराने के बाद अपने हाथ से गोश्त के टुकड़े काटा करती थीं। उनकी मर्दों-जैसी क्रियाओं से वे बेहद नाखुश रहा करते थे।

शहीदन से मिलने के बाद मेरा मन भारी हो गया था और अब ताजियों में मेरी कोई दिलचस्पी नहीं रह गई थी। बहुत सोचने के बाद भी मैं यह निष्कर्ष नहीं निकाल पा रहा था कि शहीदन का अब क्या होगा? फिर भी मैंने तय कर लिया कि शहीदन की मुलाकातवाली बात मैं अम्माँ से कह दूँगा। लेकिन उस वक्त अम्माँ चूँकि अब्बा से बुरी तरह उलझी हुई थीं, इसलिए मन की बात मुझे मन ही में दबा लेनी पड़ी। दरअसल अब्बा का कहना था कि अब उन्हें यहाँ से चल देना चाहिए, पर अम्माँ उन पर आरोप लगा रही थीं कि उनकी बहन से वे नफरत करते हैं। इसी बात को लेकर उनमें तेज-तेज झड़प हो रही थी। लेकिन बजाय उन्हें शान्त करने के खाला अपने ग्राहकों को 'दस्त' और 'गर्दन' देने में व्यस्त थीं।

सर्दियों के आरम्भ की वह एक सुबह थी। दरअसल सुबह भी अभी ठीक से नहीं हुई थी। वातावरण में अन्धकार की छाया बरकरार थी,

पर धीरे-धीरे उजाला फूट रहा था। घोंसलों में सोए पक्षी अभी पूरी तरह नहीं जागे थे। आकाश में कहीं-कहीं ही कोई पक्षी उड़ता हुआ दिखाई पड़ता था। चूँकि भोर में अब अच्छी-खासी ठंड लगने लगी थी, इसलिए उस वक्त रजाई में दुबकना बहुत भला लगता था। और सच तो यह है कि लोगों को उस समय रीछ-निद्रा ही अधिक सताती थी।

मैं भी उसी रीछ-निद्रा में बेसुध था कि अचानक अब्बा ने मुझे जगा दिया था।

"देख ले तू भी अपनी माँ की करतूत!"

उनका यह वाक्य बहुत ठोस और अर्थपूर्ण था, पर मेरी समझ में तुरन्त यह नहीं आया था कि अम्माँ की किस करतूत के बारे में वे बात कर रहे थे। वे चिराग जलाकर भूमि पर बैठे थे और मेरी ओर गुस्से से देख रहे थे। उनकी नजरों को न झेल सकने के कारण मैं द्वार के आयताकार अन्तरिक्ष से बाहर देखने लगा। लेकिन अंधकार में किसी बड़े पक्षी के फड़फड़ाने से मैं डर गया और अपनी आँखें मैंने घर में कर लीं।

"मैं बूढ़ा हूँ, इसका मतलब यह तो नहीं कि कुछ समझता नहीं हूँ। मेरे बुढ़ापे का वह नाजायज फायदा उठाना चाहती है, मैं इसे कतई बर्दाश्त नहीं करूँगा।"

अब्बा चीख उठे। मुझे लगने लगा कि शीघ्र ही कोई गम्भीर बात अवश्य होगी। और निकट भविष्य में होनेवाली किसी दुर्घटना की आशंका मात्र से मैं बेहद भयभीत हो उठा।

"देख रहे हो, तुम्हारा अम्माँ घर में नहीं हैं।"

अब्बा ने यह बात गुस्से में और घृणापूर्वक कही। मैंने आँखें मलीं और अम्माँ के बिस्तर की ओर देखा। वहाँ वे सचमुच नहीं थीं। पर अम्माँ की अनुपस्थिति से अब्बा को इतना क्रोध क्यों आ रहा था, यह बात मेरी समझ से परे थी। अम्माँ तो प्राय: प्रतिदिन ही भोर में उठ जाती थीं और फरागत के लिए भड़गा की ओर चली जाती थीं। वहाँ से लौटकर गृहकार्य में जुट जाती थीं और सूर्योदय होते-होते गँवई निकल जाती थीं। अत: बार-बार बुद्धि दौड़ाने पर भी मैं समझ नहीं पा रहा था कि इतनी छोटी-सी बात को भी अब्बा क्यों नहीं समझ रहे थे!

"वह लोखरी क्या अक्सर आता रहता है?"

मैं चौंक गया। अब्बा का यह प्रश्न कुछ दूसरे टाइप का था, जिसका वे सन्तोषजनक उत्तर चाहते थे। उनकी आँखें क्रूरता में बदल चुकी थीं, जो मुझे निगल जाना चाहती थीं।

"सही-सही बताओ, वरना तुम्हारी चमड़ी उधेड़ लूँगा!"

अब वे अपने असली स्वरूप में आ गए थे और लोखरी से सम्बन्धित जितनी बातें मैं जानता था, मैंने बता दीं। लोखरी की फुलझर से दोस्ती से लेकर वह घटना तक मैंने बता दी जो अब्बा की अनुपस्थिति में एक बार घट चुकी थी—अर्थात् हमारे घर में उसने दारू बनाई थी और रात-भर यहीं सोया था। मैंने यह भी बता दिया कि वह अक्सर यहाँ आता है। ये सारी बातें कुछ तो मैंने इसलिए भी कह दीं कि लोखरी से मुझे बेहद चिढ़ हो गई थी और मेरी प्रबल इच्छा थी कि उसे कोई खूब पीटे।

अम्माँ हाथ में लोटा लिये चली आ रही थीं। नीम अँधेरे में आहिस्ता-आहिस्ता चलती हुई वे किसी बीमार प्रेतिनी की भाँति लग रही थीं। उनके चेहरे को देखकर ही लग रहा था कि उनका मन दुखी है।

"कहाँ गई थी?"

भीतर प्रवेश करते ही अब्बा ने प्रश्न किया। उनके शब्दों का तेवर कुछ इस प्रकार का था कि सुनकर ही आदमी दहल जाए।

अम्माँ चुपचाप उनका मुँह ताक रही थीं, जैसे इस प्रश्न के औचित्य को भली प्रकार समझ लेना चाहती हों!

तड़ाक्!

अब्बा का एक भरपूर झापड़ अम्माँ के मुँह पर पड़ा था और वे गिर पड़ी थीं।

"जा, वहीं अपने यार के साथ रह। इस घर में तेरे लिए कोई जगह नहीं है। कमीनी! लुच्ची! कुतिया!"

अब्बा एकदम से जानवर हो गए थे। फिर अम्माँ के शरीर पर लगातार लातों, घूँसों और जूतों का प्रहार होने लगा, मगर वे चुप थीं। उन्होंने न कोई प्रतिवाद किया, न किसी प्रकार की सफाई दी। वे चीखी-चिल्लाईं भी नहीं। जब तक अब्बा थक नहीं गए, अम्माँ को कुचलते रहे और वे निर्विरोध पिटती रहीं।

सहसा मैं चीख उठा।

"बस करो अब्बा, अम्माँ मर जाएँगी!"

और मैं बुरी तरह रोने लगा।

तब तक अब्बा हट गए थे और परछी में बैठकर हाँफ रहे थे। देखते-देखते एक मनुष्य अभावों के कारण जहरीले जीव में परिवर्तित हो गया था...!

अम्माँ कुठले की दीवार से टिकी पड़ी थीं और सूनी-सूनी आँखों से मुझे देख रही थीं।

"न रो बेटा, मेरे भाग्य में यही बदा है।"

बस, इतना ही उनके मुँह से निकला था और वे टोपरा उठाकर लँगड़ाती हुई बाहर निकल पड़ी थीं।

उस रोज सूर्यास्त तक मैं नानी के पास बैठा रहा और अम्माँ के बारे में सोचता रहा। इस बीच अब्बा भी एक बार वहाँ पहुँचे थे और अम्माँ की तथाकथित करतूत की सूचना नानी को देकर उलटे पाँव चले गए थे। उस समाचार से नानी बहुत प्रभावित हुई थीं और रह-रहकर अपनी नीली-नीली आँखें चमकाती हुई अम्माँ को कोस रही थीं। यह विचित्र बात थी कि नानी का कोसना उस वक्त मुझे अच्छा लग रहा था, क्योंकि मेरा विचार था कि यदि अम्माँ ने लोखरी को प्रश्रय न दिया होता तो आज यह बात पैदा नहीं होती। इस सन्दर्भ में मुझे फुलझर पर भी गुस्सा आ रहा था। क्योंकि अम्माँ का लोखरी से जो कुछ सम्बन्ध था, वह फुलझर के लिए ही था, यह बात मैं अच्छी तरह जानता और समझता था। इस प्रकार यह खयाल आते ही कि अम्माँ बिलकुल निर्दोष हैं, उनका पिटता हुआ रूप मेरी आँखों के सामने नाच उठता और मुझे रुलाई आ जाती, तब नानी मुझे झिड़कतीं और ऐसी 'बेहया औरत' के लिए रोने को मना करतीं।

इस प्रकार मेरा पूरा दिन भीषण अन्तर्द्वन्द्व में बीता और रात आई तो अम्माँ की प्रतीक्षा मैं अत्यधिक आकुलता के साथ करने लगा। लेकिन अम्माँ नहीं आईं। इस बात का आश्चर्य अब्बा को भी हुआ, क्योंकि किसी भी प्रकार का झगड़ा क्यों न होता रहा हो, अम्माँ कभी बाहर नहीं रुकती थीं। निश्चय ही यह चिन्ता की बात थी, पर थोड़ी ही देर बाद अब्बा ने इस बात

को एक विचित्र-सी सम्भावना में बदल दिया और चूल्हा जलाकर खाना पकाने लगे।

अम्माँ दूसरे दिन भी नहीं आईं। उस दिन भी मैंने निहायत बेसब्री के साथ उनका इन्तजार किया, पर रात में फिर वही निराशा और अब्बा के हाथ की जली-कच्ची रोटियाँ ही मिलीं।

तब अगले दिन मैंने निश्चय किया कि अम्माँ को ढूँढ़ने जाऊँगा। मुझे मालूम था कि धमनगाँव में अम्माँ की एक गोंई (सहेली) रहती है और अम्माँ अक्सर उसके यहाँ जाया करती हैं, अतः अनुमान से ही अब्बा को बगैर कुछ बताए मैं सुबह-सुबह ही धमनगाँव के लिए चल पड़ा।

गाँव से निकलते ही जंगल आरम्भ हो जाता था। छूला, साजा, सरई, धवा और भेलमा के असंख्य वृक्ष! ऊँची-ऊँची घाटियाँ और उन पर उगी पुरसा-पुरसा भर घासें। कहीं-कहीं नालों के खोह और दैत्याकार शिलाएँ। कुल मिलाकर सौन्दर्य और भय के मिले-जुले रूप उस जंगल में विद्यमान थे, जिसे सकुशल पार करने के लिए मैंने पहले ही कुछ जंगली फूल चुन लिए थे—आगे आनेवाले 'बाबा' पर चढ़ाने के लिए। दरअसल कुछ दूरी पर रास्ते के किनारे छोटे-बड़े पत्थरों का एक ढूह-सा था, जिसे लोग 'बाबा' कहते थे। जब मैं अम्माँ के साथ पहली बार धमनगाँव गया था, उनको गोंई के पुत्र-जन्म के अवसर पर, तो उसी वक्त अम्माँ ने उस 'बाबा' का परिचय मुझे दिया था और उन्होंने भी उस पर जंगली फूल चढ़ाए थे।

आगे थोड़ा मैदानी भाग था और खेतों का पीला-पीला विस्तार चमक रहा था। धान की पकी हुई बालियाँ जब हवा में झूमतीं तो लगता, जैसे बढ़ी हुई नदी हिलोरें ले रही है। रमतिला के फूलों पर जंगली कीड़े मँडरा रहे थे और कोदो के खेतों में कहीं-कहीं झुकी हुई स्त्रियाँ दिखाई पड़ रही थीं। उस दृश्य को देखकर मुझे याद आया कि एक बार अम्माँ भी बनी पर धान की कटाई करने किसी के खेत में गई थीं। तब मैं बहुत छोटा था और नंगा घूमा करता था। जिस खेत में वे धान काट रही थीं, उससे बिलकुल सटा हुआ एक नाला बहता था, जिसमें गोंदलों के असंख्य पौधे उगे हुए थे। दिनभर मैं उनकी जड़ों में मछलियाँ पकड़ने का अभिनय करता रहा था और कभी-कभी जहाँ धान के पौधे कट चुके थे, उस स्थान पर खड़े डोट्टे के पौधों के खट्टे फलों को तोड़-तोड़कर चूसता रहा था...।

जब मैं धमनगाँव पहुँचा, दोपहर हो चुकी थी और धूप आग की लपट की तरह चिलचिला रही थी। आस्तीन फट जाने पर जिस कमीज को अब्बा ने हाथ से ही आधी बाँहवाली बना दिया था और जिसकी पीठ पर एक चौकोर-सा पैबन्द था, मेरे जिस्म के पसीने से वह चिपककर बुरी तरह बदबू करने लगी थी। मैं बेहद थक गया था और अब मुझसे चला नहीं जा रहा था। पर अम्माँ की गोंई के घर तक पहुँचने में मुझे विशेष कष्ट का अनुभव नहीं हुआ, क्योंकि अम्माँ से मिलने की तीव्र उत्कंठा ने मेरी थकान को जैसे मिटा डाला था।

अम्माँ की गोंई का घर काफी बड़ा था और सामने आँगन के चारों ओर जो बेड़े बने हुए थे, वे हरसिंगार की नफीस झाड़ियों के थे। थूनियाँ प्रायः मुनगे या कीकर की थीं, जो धरती में लगे-लगे उग गई थीं और उन पर नन्ही-नन्ही पत्तियाँ उल्ह आई थीं।

फरका ढकेलकर जब मैं आँगन में पहुँचा तो देखा कि अम्माँ की गोंई आँगन के किनारे बैठी बर्तन माँज रही थी। वह अधेड़ उम्र की एक गोरी-सी महिला थी जो सोने-चाँदी के ढेर सारे आभूषण पहने हुए थी और सुन्दर लग रही थी। खासकर उसके पाँवों के नाखून बेहद खूबसूरत थे और केशों में हल्की-हल्की लहरियाँ बनी हुई थीं। नाक में जो लौंग वह पहने हुए थी, उसका नग सूर्य की किरणों में दमक रहा था और कानों में झूलते सुनहरे ऐरन (ईयररिंग) रह-रहकर गालों से छू जाते थे। मुझे देखकर वह मुस्कराई और पलटकर परछी की ओर देखने लगी, जहाँ अम्माँ अल्यूमिनियम की थाली में उड़द की दाल और कुदई का भात खा रही थीं।

एक झटके में मैं वहाँ पहुँच गया और अम्माँ ने जूठे हाथों से ही मुझे खींचकर अपनी गोद में बैठा लिया। उन्होंने निहायत लाड़ के साथ अपने ही हाथों मुझे भी दाल-भात खिलाया और बार-बार उनकी आँखें डबडबा आईं।

"आपन अम्माँ ला कहला भगाय दये रे? व बिचारी हिंयाँ ईंटा-गारा ढोथै।"

अम्माँ की गोंई ने सहसा कहा और धुले हुए बर्तन लेकर परछी की ओर आने लगी। उसके प्रश्न का उत्तर देना मैंने जरूरी नहीं समझा और अम्माँ के प्यार से निरन्तर उत्तेजित रहा।

"क्यों आए हो?"

बात अम्माँ ने ही शुरू कर दी, यह मेरे लिए अच्छा रहा।

"तुम्हें बुलाने।"

"मैं अब कभी उस घर में नहीं जाऊँगी।"

"क्यों?"

"ऐसे ही। तुम्हें अगर मेरे साथ रहना है तो यहीं रहो, नहीं तो जाओ।"

अम्माँ की यह बात मुझे पसन्द नहीं आई। उनका हठ और अहम देखकर बरबस मैं झल्ला उठा और जिस झटके से अन्दर आया था, उसी झटके से बाहर निकल गया।

सूर्यास्त होने में थोड़ी ही देर थी जब मैं थका-माँदा घर पहुँचा। दिन-भर मेरी तलाश करने के बाद अब्बा दुखी मन से परछी में बैठे थे और शून्य की ओर उनकी आँखें उठी थीं।

"कहाँ थे तुम?"

मुझे देखते ही उनके मन में दुःख के स्थान पर क्रोध प्रतिष्ठित हो गया था।

"अम्माँ को खोजने गया था।"

"मिलीं?"

उन्होंने यह शब्द जिस अन्दाज में कहा, उसकी कल्पना भी मैंने नहीं की थी। मैंने तो सोचा था कि अम्माँ का नाम सुनते ही वे बिफर उठेंगे, पर उनकी आवाज में नमी देखकर मुझे वाकई हैरत हुई।

"हाँ, धमनगाँव में हैं। मैंने चलने के लिए कहा तो उन्होंने साफ इनकार कर दिया।" इतना कहते हुए मेरा चेहरा उतर गया और मैं अब्बा के चेहरे की ओर देखने लगा।

"जाने दो हरामजादी को!"

अब्बा का जो रुख था, उससे यह पता नहीं चलता था कि अम्माँ के जाने से वे प्रसन्न थे या दुखी, लेकिन मैं तो निश्चय ही बहुत दुखी था। हरदम मुझे उनकी याद आती रहती थी और रह-रहकर अब्बा पर क्रोध आता था। मुझे अम्माँ से अलग करने की सारी जिम्मेदारी अब्बा पर है, यह मैंने

निश्चित रूप से मान लिया था और अब्बा के प्रति मेरे मन में लगभग घृणा का भाव स्थापित हो गया था।

अब मेरी स्थगित शिक्षा पुनः आरम्भ हो गई थी और मैं स्कूल जाने लगा था। मगर चूँकि मेरे सारे साथियों की पढ़ाई छूट गई थी इसलिए मैं अकेला हो गया था और जाते-आते अब रास्ता बड़ी कठिनाई से कटा करता था।

उस रोज अपने गधेपन के कारण स्कूल में मैंने मार खाई थी और स्कूल से लौटते समय भीतर-ही-भीतर अपनी सजा का बदला मैं अब्बा से निकाल रहा था। बार-बार मुझे यही लग रहा था कि मैं पढ़ाई में इसलिए कमजोर हूँ कि मेरे घर में हमेशा कलह मचा रहता है और कलह सिर्फ अब्बा के कारण होता है। अतः मन-ही-मन मैं अब्बा को गालियाँ दे रहा था और मना रहा था कि वे शीघ्र ही मर जाएँ। मैं सोच रहा था कि यदि वे आज ही मर जाएँ तो कल से मेरी जिन्दगी में निश्चित रूप से चैन आ जाएगा। तब मैं अम्माँ को बुलाऊँगा और हम मजे से रहेंगे। जल्दी ही मैं ब्याह कर लूँगा और थोड़े से खेत खरीद लूँगा...।

सहसा दूर से ही अपनी मड़ैया को देखकर मैं भयभीत हो उठा। कहीं सचमुच अब्बा मर गए होंगे तब? तब कैसे मैं उन्हें कब्रिस्तान ले जाऊँगा और कैसे गाड़ूँगा?

और घर पहुँचकर मैंने देखा कि अब्बा जमीन पर छटपटा रहे थे। उनके मुँह से 'आह माई! आह बप्पा!' जैसे कातर शब्द निकल रहे थे और वे बार-बार उठ-बैठ रहे थे। रह-रहकर वे अपना पेट सहला रहे थे और उलट-पलट जा रहे थे...यह देखकर मैं विचलित हो उठा। मेरा जो मन अभी कुछ देर पूर्व तक अब्बा की मृत्यु की कामना कर रहा था, वही अब आशंकित हो उठा था।

"क्या हुआ अब्बा?"

इतना ही मेरे मुँह से उस समय निकल सका और बस्ता फेंककर मैं उनके करीब बैठ गया। थोड़ी देर तक मैं तेल लेकर उनका पेट सहलाता रहा, पर उनकी छटपटाहट कम नहीं हुई।

"मुझे डिंडोरी ले चलो।"

अब्बा ने लगभग हाँफते हुए कहा और खड़े हो गए।

जल्दी-जल्दी सारी तैयारी पूरी की गई और हम डिंडौरी के लिए चल पड़े। अब्बा रास्ते-भर छटपटाते रहे और चीखते रहे, पर सुस्ता-सुस्ताकर किसी तरह काफी रात गए हम डिंडौरी पहुँचे। लेकिन अस्पताल बन्द हो जाने के कारण रात में डॉक्टर ने नहीं देखा, अतः उन्हें लेकर मैं जैतून बी बुआ के यहाँ पहुँचा जो मेरी बड़ी अम्माँ की सबसे बड़ी लड़की थीं। वे बेवा हो गई थीं और सिलाई करके अपनी लड़कियों तथा सौत के लड़कों का पालन-पोषण करती थीं। उनका घर मैट्रिक स्कूल के पिछवाड़े अपेक्षाकृत खुले स्थान में था, पर आस-पास चूँकि हमेशा सूअर घूमते रहते थे इसलिए गन्दगी भी वहाँ बहुत रहती थी।

दूसरे दिन से अब्बा का इलाज शुरू हुआ। उन्हें पेट की भयंकर बीमारी थी और कई दिनों तक वहीं रहकर इलाज करना था। पर जैतून बी बुआ ने अस्पताल में उन्हें नहीं रहने दिया। अतः उनके घर में ही हम रहते थे और प्रतिदिन सुबह अस्पताल जाकर मैं दवा ले आता था।

एक दिन अस्पताल जाने से पूर्व, प्रतिदिन की भाँति जब मैं पिछवाड़ेवाली परछी में चाय लेकर गया, जहाँ अब्बा लेटते थे, तो तेज बदबू से मेरे दिमाग की नसें तन गईं। फर्श पर चारों ओर तथा बिस्तर पर टट्टी बिखरी हुई थी और एक ओर अब्बा औंधे मुँह पड़े थे। आहट पाकर वे उठे और मेरी ओर कतल होते प्राणी की भाँति देखने लगे। मेरी आँखें छलक पड़ीं। लेकिन मैंने दृढ़ता से काम लिया और लोटे में भरकर उन्हें पानी दिया जिससे उन्होंने अपना जिस्म साफ किया। फिर मेहतरानी को बुलवाकर फर्श साफ कराया गया। लेकिन बिस्तर साफ करने से उसने इनकार कर दिया। अतः वह कार्य मैंने अपने जिम्मे लिया।

नर्मदा के किनारे एक चट्टान पर बिस्तर फैला था। बिस्तर पर बहे हुए हरे-पीले दस्त को मैं देख रहा था और जीवन की उस विडम्बना के बारे में सोच रहा था जिसने मेरी अम्माँ और अब्बा के बीच कहीं कोई गलत

ढंग की शत्रुता पैदा कर दी थी, जिसके कारण उनके सम्बन्धों के धरातल में बहुत दूर तक पोल हो गया था।

उस दिन मुझे लगा कि मैं बिलकुल अकेला और असहाय हूँ। दूर घने जंगलों के पार कहीं ईंटों के बीच में दबी अम्माँ, पीछे कस्बाई माहौल में घनी बदबू के बीच दम लेते अब्बा और यहाँ नर्मदा की लहरों के पास बैठा मैं—इन तीनों ही परिस्थितियों में जैसे कोई सामंजस्य नहीं है। निश्चय ही यातनाओं के भँवर में पड़ा हुआ जीव सामंजस्य के बिना छटपटा रहा है और संसार अपनी जटिलता पर मुग्ध है। इस संसार को यदि कोई बनानेवाला है, तो वह अपनी गूढ़ता पर अट्टहास कर रहा है।

चारों ओर सूर्य की सुनहरी किरणें फैल गई थीं। उस पार मछुए जाल फैला रहे थे...मैंने बिस्तर को पानी में भिगोकर चट्टान पर निकाल लिया और मेरी उँगलियाँ दस्त की चिकनाहट पर फिसलने लगीं।

अभी मैं नर्मदा से लौटकर धूप में बिस्तर फैला ही रहा था कि देखा, अम्माँ चली आ रही हैं। उनके हाथ में एक झोला था और वे किसी गर्भवती महिला की भाँति चल रही थीं। उनके होंठों पर कत्थे की पपड़ी जमकर सूख गई थी और चेहरे की झाइयाँ कुछ अधिक स्याह हो गई थीं।

वे अब्बा की चारपाई के पास आकर खड़ी हो गई थीं और उनकी आँखों से टप्-टप् आँसू गिर रहे थे।

"तुम मुझे छोड़कर कहाँ चली गई थीं?"

अब्बा सिर्फ इतना ही कह सके थे और उनका कंठ बुझ गया था। अम्माँ की हथेलियों को अपनी छाती पर दबाए वे फफक रहे थे।

"अब चुप रहो...देखो, तुम्हारी बीमारी की खबर लगी मुझे, और मैं चली आई न!"

मैंने देखा, अम्माँ की आँखें झर रही थीं और उनके पिचके हुए गालों पर आँसू की बड़ी-बड़ी बूँदें लुढ़क रही थीं।

दीपावली यद्यपि बीत गई थी, पर हमारे घर की सफाई नए सिरे से हुई। अम्माँ ने आँगन को कुछ इस तरह से सजाकर लीपा मानो अपने पुनर्मिलन का जश्न मनानेवाली हों! अब्बा भी अब सदैव हँसते रहते थे और अम्माँ से मजाक किया करते थे। इस प्रकार घर का वातावरण अपेक्षाकृत पुरसुकून हो गया था।

लेकिन आथिक कठिनाइयाँ बनी हुई थीं और अम्माँ–अब्बा समझ नहीं पा रहे थे कि उन कठिनाइयों से मुक्त होने का कौन–सा उपाय वे करें। अत: वे लोग कभी–कभी इस सम्बन्ध में परस्पर सलाह भी किया करते थे और बीच–बीच में अब्बा की टोन ऊँची हो जाती थी। पर अम्माँ उन्हें सचेत करती थीं और झगड़ा होने से बच जाता था। फिर भी मुझे लगता था कि जो दीवार ऊपर से चिकनी और समतल दिखाई पड़ रही है, वह भीतर–ही–भीतर दरारों से भरी हुई है। विपन्नता के कीटाणुओं ने उन्हें चारों ओर से चाल दिया है और शान्ति का जो यह खाका दिखाई पड़ रहा है, मात्र दिखावा है; क्षणिक और कृत्रिम है। लेकिन मैं सारी स्थितियों को स्वीकार भाव से झेल रहा था और अपनी छूटी हुई पढ़ाई के कारण मिली हुई छुट्टियाँ गुजार रहा था।

उस रोज सबेरे–सबेरे मैं अपना पूरा दिन मनोरंजनपूर्ण तरीके से बिताने की योजना बना रहा था कि अब्बा एक अधटूटी–सी जंग लगी कैंची लेकर मेरे बाल काटने बैठ गए। पैसों की तंगी के कारण मेरे बाल नहीं बन सके थे, इसलिए वे कानों के ऊपर लटक आए थे और बेहद भद्दे लग रहे थे। आँगन में एक ओर छाया में बोरे पर उन्होंने मुझे बैठा लिया था और अत्यन्त निर्मम तरीके से मेरे लटियाए बालों को कतर रहे थे।

तभी फुलझर का छोटा भाई फागू आता हुआ दिखाई पड़ा।

"तोला दादा बोलाइसे।"

"क्यों?"

अब्बा ने दरयाफ्त किया तो वह खामोश रहा और अपनी आँखें उसने नीचे झुका लीं।

"चलो, आता हूँ।

अब्बा के कहने पर फागू चला गया और जल्दी से मेरा कलम बनाकर अब्बा तैयार होने लगे। उन दिनों वे सफेद लुंगी और चारखाने की एक कमीज पहना करते थे। हाथ में एक छोटा-सा डंडा भी रहने लगा था।

मुझे साथ लेकर जब वे अपनी रोबीली चाल से फुलझर के घर पहुँचे तो हमने देखा कि बाहर बाड़ी में ही चारपाइयाँ बिछी थीं जिन पर टोले के अनेक बूढ़े कमर में मात्र लँगोटी पहने और सिर पर बँधे साफे में अधजली चोंगियाँ खोंसे बैठे थे। उनमें से कुछ लोग तमाखू मल-मलकर खा रहे थे और कुछ चिलम पी रहे थे। साथ ही वे परस्पर कोई रहस्यमयी वार्ता भी कर रहे थे। जमीन पर एक ओर सिर झुकाए लोखरी बैठा था तथा दूसरी ओर नाखून से मिट्टी कुरेदती हुई फुलझर बैठी थी।

दरअसल पिछली रात को लोखरी और फुलझर व्यभिचार में पकड़े गए थे और उस वक्त न्याय के लिए पंचायत बुलाई गई थी।

फुलझर के दादा की ओर से लोखरी पर मूलतः दो आरोप लगाए गए थे। एक यह कि उसने फुलझर की इज्जत लूटी थी और दूसरे यह कि उसने फुलझर की जाति बिगाड़ी थी।

"मुंशी जी, अब तँही लिंयाव कर।"

अब्बा के पहुँचते ही फुलझर के दादा ने उनकी ओर अपनी समस्या बढ़ाई और वे ऊँची-सी चारपाई पर बैठकर, जो उनके लिए सम्भवतः सुरक्षित थी, लोखरी की ओर क्रोध तथा घृणा मिश्रित नेत्रों से देखने लगे।

"पंच जो फैसला करें!"

अब्बा ने कहा और बारी-बारी से हर पंच की ओर देखा।

उनकी ओर से मूक अनुमति मिलते ही हर व्यक्ति अपनी राय देने लगा। कोई कहता था कि इसने फुलझर की इज्जत लूटी है इसलिए यह उसका हाथ पकड़े और चुरिया[1] पहनाकर हरदी-पानी[2] कर ले और अपने साथ डौकी (पत्नी) बनाकर रखे। कोई कहता था कि इसने जाति बिगाड़ी है इसलिए पाँच सौ आदमियों को भोजन कराए।

"अतना से काम न चली, इ डाँड़ देवै।"

तभी फागू बोल पड़ा और बावजूद इसके कि वह लड़का था, लोग

---

1. विवाह के बिना पत्नी बनाने के लिए 'चूड़ी पहनाना' मुहावरा प्रचलित है। 2. शॉर्टकट विवाह।

उसकी बात पर भी गौर करने लगे। और डाँड़ के रूप में तय हुआ कि वह फुलझर के दादा को दस गायें दे। इस प्रकार उसे तीन सजाएँ दी गईं और जब उसने सारी शर्तें मंजूर कर लीं तो पंचायत समाप्त कर दी गई।

लोखरी को दंडित हुए देखकर घर लौटते वक्त अब्बा बेहद प्रसन्न थे, पर मैं सोच रहा था कि क्या फुलझर की तथाकथित इज्जत-लुटाई का बदला मात्र दस गायों से चुका दिया गया?

आकाश पर सूर्य बहुत दूर तक बढ़ गया था, पर अम्माँ बिस्तर से नहीं उठी थीं। उनका बदन बुखार से तप रहा था। रह-रहकर वे बर्रा रही थीं और पानी माँग रही थीं। कभी-कभी उठकर वे बैठ जाती थीं और फिर लेटकर छटपटाने लगती थीं।

मैं भूख से बेदम हुआ जा रहा था और अम्माँ से लिपटकर इस प्रकार रो रहा था जिससे दोनों भाव प्रकट होते थे—अम्माँ के प्रति सहानुभूति भी और भूख की पीड़ा भी, पर धीरे-धीरे यह स्पष्ट होने लगा था कि उनमें भूख वाला भाव ही सर्वोपरि है, अतः अम्माँ ने मुझे झिड़क दिया।

"जाकर अपने बाप से क्यों नहीं कहता कि मेरा ही मांस खाने पर तुला है!"

और मैं रोनी सूरत बनाकर बाहर चला गया, जहाँ अब्बा बैठे-बैठे अपने पैरों के गन्दे और भद्दे नाखून काट रहे थे।

"क्या है जी?"

एक उँगली के नाखून को बड़ी सतर्कता से अलग करते हुए उन्होंने पूछा।

"भूख लगी है।"

"तो क्या मुझे खाओगे? मैंने भी तो सुबह से कुछ नहीं खाया है।"

अब्बा की बातें अम्माँ ने शायद सुन ली थीं, इसलिए वे बिस्तर पर से ही कराहती हुई बोलने लगीं :

"काहे बेचारे पर बिगड़ते हो? ये नहीं होता कि जाकर किसी के यहाँ से चार दाने भुट्टे ही माँग लाओ और लड़के को खिला दो!"

"तू क्यों बोलती है कमीनी? कुलच्छनी? तूने ही तो घर को तबाह किया है...!"

इस प्रकार अब्बा देर तक चीखते रहे थे और डंडा उठाकर बाहर चले गए थे।

तब मुझे लगा था कि जिसे मैंने एक छोटा-सा फोड़ा-भर समझ रखा है, वह भीतर-ही-भीतर काफी दूर तक फैल गया है। ऊपर से भले ही वह शुष्क दिखाई दे रहा हो पर उसकी तह में मर्मांतक टीसें भरी हुई हैं, उसकी परतों में जहरीले कीड़े बिलबिला रहे हैं। वह फोड़ा—वह जहर ही हमारा जीवन है, जिसे हम किसी मजबूरी की भाँति जी रहे हैं।

मैं परछी में बैठा था और रो रहा था। मेरी आँखों में अँधेरा था और मन में एक अनन्त युद्ध जारी था।

तभी मैंने देखा कि लोखरी आया है और अपने साथ कुछ ठोला[1] लाया है। उसने छोटी-सी पोटली से घुई के पके हुए चन्द फल निकाले और अम्माँ की ओर बढ़ा दिये।

"व भेजीसे। दुक्खन धरीसे का?"

इन थोड़े से शब्दों में लोखरी ने फुलझर के द्वारा जंगली फल भेजे जाने की बात कहकर सिद्ध कर दिया था कि वे अब पति-पत्नी के रूप में रहने लगे हैं तथा अम्माँ की तबीयत का हाल भी पूछ लिया था। पर अम्माँ ने फल लौटा दिये।

"तुम यहाँ से चले जाओ। अभी इसी बखत!"

बिलकुल अविश्वसनीय रूप से अम्माँ ने साफ-साफ लोखरी से कह दिया और बगैर तर्क किए वह बाहर निकल गया।

लेकिन फरका से निकलते-निकलते अब्बा आ गए थे।

और फिर मैंने देखा कि बुखार से तड़प रही अम्माँ पर अब्बा के जूते बरस रहे थे। लेकिन आश्चर्य कि उन्होंने कोई विरोध नहीं किया था। बस, रह-रहकर वे चीख उठती थीं और अब्बा नए उत्साह के साथ फिर जूते बरसाने लगते थे। मेरे देखते-देखते अम्माँ के वस्त्र अस्त-व्यस्त हो गए थे। जिस्म काला पड़ गया था और होंठ फूल आए थे...।

सहसा आगे बढ़कर मैंने अब्बा का हाथ पकड़ लिया था और उन्होंने जूता बाहर फेंक दिया था।

मैं अम्माँ के पास बैठ गया था और उनके शरीर को छू रहा था।

"अम्माँ!"

---

1. उपहार।

यही एक शब्द मेरे मुँह से निकला था और मेरे होंठों पर आँसू तिरने लगे थे।

"चुप रह बेटा, तू क्यों रोता है?"

अम्माँ ने हाथ बढ़ाकर मेरे आँसू पोंछने की चेष्टा की और स्वयं फूट-फूटकर रोने लगीं।

दूसरे दिन अम्माँ उसी हालत में महराज टोला गई थीं और शहबाज खाँ को बुला लाई थीं। उन्हीं के माध्यम से शमशाद खाँ भी डिंडौरी से बुला लिये गए थे। दोपहर होते-होते हमारी परछी में काफी लोग जमा हो गए थे। साथ ही बाहर भी औरतों-मर्दों की अच्छी-खासी भीड़ इकट्ठी हो गई थी। और मैं देख रहा था कि किस प्रकार आर्थिक कठिनाइयों से संघर्ष करता हुआ कोई परिवार अन्ततः एक तमाशा बनकर रह जाता है।

"आज हमारा फैसला हो जाना चाहिए नन्दोई।"

दहलीज पर बैठी अम्माँ ने सिर पर साड़ी का आँचल सरकाते हुए कहा तो चारपाई से उठकर अब्बा उन्हें लगभग धकियाते हुए भीतर पहुँचे और कलम-कागज लेकर निकल आए। उनके रुख में मुझे भावी अनिष्ट की आशंका प्रतीत हुई, अतः आगे बढ़कर मैंने उनको पकड़ लिया। लेकिन मुझे झटक दिया गया। मैं रोने लगा तो अब्बा बिगड़ उठे :

"रोता क्यों है? हो गया अब! बस, इतने दिन का हमारा साथ था।"

और लगा कि मैं गिर पड़ूँगा, लेकिन नानी ने मुझे सँभाल लिया था। वे मुझे लेकर फरका (बाहरी द्वार) की ओर बढ़ गई थीं। वहाँ एक थूनी के सहारे बेगम खड़ी थी और उसकी आँखें डबडबाई हुई थीं। अब हम दोनों ही फूट-फूटकर रोने लगे थे।

अम्माँ का तलाक हो गया था। अब वे हम लोगों से अलग रहने लगी थीं। चूँकि मुझे देखे बिना वे रह नहीं सकती थीं और नौ महीनों तक अपने जिस्म के भीतर रखने के बावजूद कानूनन उनका मेरे ऊपर कोई अधिकार नहीं था, अतः अत्यन्त दीनतापूर्वक उन्होंने अब्बा से उन्हीं की मड़ैया में अपने लिए शरण माँगी थी। और अब्बा ने उन्हें एक परछी दे दी

थी, जिसमें उन्होंने अपनी नई गृहस्थी जमा ली थी। गृहस्थी कोई खास नहीं थी। पता नहीं, कहाँ से थोड़े-से बर्तन वे माँग लाई थीं जिनसे पकाने-खाने का काम चलाती थीं—अल्यूमिनियम की एक थाली, एक देगची और एक कटोरा। पानी वे कटोरे से ही पी लिया करती थीं। पानी रखने के लिए उनको एक पुराना-सा घड़ा दे दिया गया था, जिसमें दो-तीन जगह छेद थे और उन्हें लाख पिघलाकर बन्द किया गया था। ओढ़ने-बिछाने के लिए उनके पास एक कथरी और एक फटी-सी चादर-भर थी। उन्हीं वस्त्रों में गुड़ी-मुड़ी लिपटकर वे रात काट लिया करती थीं और प्रातः होते ही न जाने कहाँ निकल जाती थीं। पहनने के लिए उनके पास एक ही धोती थी, अतः नहाना उन्होंने बन्द कर दिया था। लगता था, जैसे जीवन में उनके लिए उत्साह नाम का कोई तत्त्व शेष नहीं रह गया था। शायद उनका जीवन उद्देश्यहीन हो चुका था। पुरुषहीन होकर वे पुरुषार्थविहीन हो गई थीं। खाना भी वे कभी-कभी ही पकाया करती थीं। लेकिन जब भी कुछ पकातीं, मुझे अवश्य बुलातीं।

"कुछ खाया?"

"हाँ!"

"पेट भर?"

इस प्रश्न पर मैं चुप रह जाता और वे चूल्हे के पास मुझे बैठाकर कुछ खिला दिया करतीं। जब तक मैं खाता रहता, वे या तो चुपचाप बैठी रहतीं या अपनी फटी हुई धोती को सूई-धागे से सिलती रहतीं। कभी-कभी मुझे लगता कि कहीं अब्बा मुझ पर बमक न उठें और अम्माँ के पास जाने से रोक न दें, पर ऐसा उन्होंने कभी नहीं किया।

कभी-कभी अम्माँ के पास बैठकर, मुझे लगता कि कहीं मैं उन्हें पीड़ित तो नहीं कर रहा हूँ? और अचानक ही मुझे आभास होता कि इन थोड़े से दिनों में ही वे किसी की नहीं रह गई हैं। न वे अब्बा की बीवी थीं, न नानी की बेटी और न मेरी माँ। तब मैं सोचता कि अन्तर में वेदना का अनन्त स्रोत भरकर भी पत्थर बन जानेवाला प्राणी कैसा अनुभव करता होगा? और मेरा मन घुमड़-घुमड़ जाता।

बसन्त एक बार फिर अपनी समस्त कलाओं के साथ पृथ्वी पर उतरा और पूरा-का-पूरा जंगल फूलों से लद गया। उस मतवाले देवता के स्वागत के लिए ही मानो चारों ओर विवाहोत्सव होने लगे और आँगनों में आम की पत्तियों के बन्दनवार झिलमिला उठे।

डिंडौरी में जैतून बी बुआ की लड़कियों की शादी थी, जिसमें मैं और अब्बा आमंत्रित थे।

नर्मदा पार करके हम टीला चढ़ रहे थे कि अम्माँ दिखाई पड़ गईं। वे बाजार से लौट रही थीं। पास पहुँचने पर मुझे उन्होंने रोक लिया और झोले से निकालकर तेलवाली जलेबियाँ थमा दीं।

"कहाँ जा रहे हो?"

"जैतून बी बुआ के यहाँ। न्योता आया है। तुम्हें क्यों नहीं मिला न्योता?"

"मैं क्या जानूँ रे!"

और वे झटके से आगे बढ़ गई थीं। शायद उनकी अस्मिता को गहरी चोट लगी थी जिसे वे झेल नहीं सकती थीं। अपनों के बीच रहकर भी अचानक पराया हो जानेवाला इनसान अपने अस्तित्व के प्रति सम्भवतः अधिक सचेत हो जाता है।

चरित्रहीनता का आरोप लगाकर समाज द्वारा बहिष्कृत उस स्त्री को मैं देर तक देखता रहा, जो मेरी माँ थी। मेरी आँखों के सामने उनके पपरियाए होंठ, नंगे पाँव और लटियाए बाल मँडराते रहे...!

डिंडौरी से हम तीन दिन बाद लौटे थे और बगैर खाए चल देने के कारण बेहद भूखे थे। घर पहुँचकर अब्बा ने ताला खोला और खिचड़ी पकाने बैठ गए। मैं परछी में खड़ा अम्माँ की गृहस्थी को देख रहा था, जिसे सम्भवतः किसी कुत्ते ने उनकी अनुपस्थिति में उलट-पुलट दिया था। वह दृश्य देखकर मुझे रुलाई आने लगी तो मैं भीतर चला गया।

"काका! ए काका!"

सहसा कोटवार[1] की आवाज सुनकर हम बाहर निकले और वह हमें अपने साथ लेकर जंगल की ओर बढ़ गया।

एक घाटी में पकरी के एक पेड़ के नीचे अम्माँ टेढ़ी-मेढ़ी होकर पड़ी थीं। मुँह उनका खुला था और कत्थे-रँगे दाँत फैले हुए थे। पेट पिचक गया था तथा टाँगों पर से धोती सरक गई थी। उनके विषैले जिस्म पर मक्खियाँ भिनभिना रही थीं और रह-रहकर पकरी के कच्चे फल उनके निस्पंद शरीर पर पट-पट गिर रहे थे।

उस वक्त एक तेज चीख मेरे मुँह से निकली और मेरी आँखों का सब्र टूट गया। लेकिन मुझे लग रहा था कि मेरे गालों पर जो बह रहा है, वह आँसू नहीं है, जहर है—अभिशप्त और उपेक्षित जिन्दगी का।

❂❂❂

1. नीली वर्दीवाला एक ग्राम-अधिकारी।